이웃에
괴물이 산다

이웃에
괴물이 산다 밝혀야 할 진실, 1923 간토 대학살

2판 1쇄 발행 2024년 11월 15일

글쓴이 박지숙 | **그린이** 이광익

펴낸이 홍석 | **이사** 홍성우 | **편집부장** 이정은 | **편집** 조유진 | **디자인** 권영은 · 김영주

마케팅 이송희 · 김민경 | **제작** 홍보람 | **관리** 최우리 · 정원경 · 조영행

펴낸곳 도서출판 풀빛 | **등록** 1979년 3월 6일 제2021-000055호 | **제조국** 대한민국 | **사용연령** 8세 이상

주소 서울특별시 강서구 양천로 583 우림블루나인 A동 21층 2110호

전화 02-363-5995(영업) 02-362-8900(편집) | **팩스** 070-4275-0445

전자우편 kids@pulbit.co.kr | **홈페이지** www.pulbit.co.kr | **블로그** blog.naver.com/pulbitbooks | **인스타그램** instagram.com/pulbitkids

ISBN 979-11-6172-972-5 74810 | 979-11-6172-540-6 (세트)

ⓒ 박지숙, 이광익 2024

사진 177쪽 ⓒEverett Historica

이웃에
괴물이 산다

밝혀야 할 진실, 1923 간토 대학살

박지숙 글 | 이광익 그림

풀빛

아픈 역사도
우리가 기억해야
하는 이유

우리는 승리한 역사를 좋아합니다. 그런 이야기는 영화나 드라마로 자주 만들어지고, 보고 나면 마음 깊은 곳에서부터 뿌듯함이 밀려오지요. 하지만 슬프게도 우리 한국 역사에는 아프고 고통스러운 순간이 더 많습니다.

우리는 아프면 외면하려 합니다. 상처가 깊을수록 더욱 들여다보기 어려워집니다. 그 상처를 마주하면 울화가 치밀고 가슴이 미어지기 때문입니다. 저 역시 어린 시절, 한국 근현대사를 읽다가 답답한 마음에 책을 중간에 덮어 버린 적이 많았습니다.

간토 대학살 역시 우리가 들여다보기 힘든 아픈 역사입니다. 하지만 우리는 이러한 아픈 역사를 기억해야 합니다. 단순히 기억하는 데 그치지 않고, 기록하고 진실을 찾기 위해 노력해야 합니다. 그래야 그들의 희생이 헛되지 않고, 사회는 더 정의로워질 수 있기 때문입니다.

이 글은 간토 대학살에서 희생된 수많은 조선인의 영혼을 위로하며, 우리 모두 이 사건을 기억해 주길 바라는 마음에서 썼습니다. 특히 당시의 불의와 부당함을 잊지 않기를 바랍니다. 그 기억이 정의를 향한 마음을 키우기 때문입니다.

또한, 이 글을 통해 우리 안에 언제든지 깨어날 수 있는 '괴물'이 존재한다는 사실을 깨닫고, 혐오를 경계해야 한다는 메시지를 전하고자 합니다. 학교에서 일어나는 왕따, 사회적 소수자를 향한 마녀사냥, 악플, 차별적 언어 등이 모두 우리 안에 숨겨진 '괴물'이 드러난 결과입니다. 이 책을 통해 그 괴물이 자라지 않도록 스스로를 성찰하고, 서로의 다름을 존중하는 법을 배워 나가길 바랍니다. 혐오는 개인의 문제를 넘어 사회 전체에 깊은 상처를 남기기 때문입니다.

박지숙

차례

| 일러두기 |

*이 책은 실제 역사 사건에 상상력을 보태어 만든 창작 동화입니다.

내가 맞는
단 하나의
이유

약한 것들은 왜 눈에 잘 띌까?

약한 것들은 어떻게 단 한 번 쓰윽 눈으로 훑어보아도 알 수 있는 걸까?

나는 모모코와 류스케도 나와 같은 존재라는 것을 단번에 알아차릴 수 있었다. 물론 그중에서도 가장 밑바닥에 있는 건 나였지만 말이다.

불행하게도 나뿐만 아니라 바보 같은 놈조차 자기보다 약한 존재의 냄새는 기가 막히게 잘 맡는다. 그렇게 본다면 다무라는 그중에서 가장 냄새를 잘 맡는 놈일 것이다. 개처럼 말이다. 내가 조선인인 사실을 들키지 않으려고 조마조마해하던 그 순간부터 나를 괴롭힌 놈이니까.

그놈은 아이들의 약점을 찾아내 그걸로 아이들을 마구 부려 먹었다. 게다가 키로 보나 힘으로 보나 다무라를 꺾을 만한 아이는 없었다. 다무라 앞에서 우리는 모두 약자였다.

그런데 나는 약자에도 두 종류가 있다고 본다. 간과 쓸개가 빠진 놈과 심장이 살아 있는 놈. 겐지로, 그놈은 간과 쓸개가 빠진 놈이다. 겐지로는 다무라의 사냥개가 되었기 때문이다. 사냥감은 물론 나였다.

나는 뒤를 돌아 겐지로에게 소리쳤다.

"따라오는 거 다 알아! 쥐새끼처럼 쫓아다니지 말고 내 앞으로 나와!"

몸집이 작은 겐지로는 나를 보자마자 몸을 숨겼다. 그리고 쏜살같이 골목길을 빠져나갔다. 집으로 가는 길을 아무리 많이 만들어 놓아도 나는 다무라에게서 벗어날 수 없었다. 겐지로 때문이다.

처음엔 그 이유를 몰랐다. 그래서 나는 다무라가 홍길동처럼 느껴졌다. 어떤 길로 가도 그 애가 나타났기 때문이다. 그리고 그놈은 혼자 나타나는 법이 없었다. 언제나 늑대처럼 무리지어 다녔다. 알고 보니 겐지로가 늘 나를 미행하고 내가 가는 곳을 곧장 다무라에게 알렸기 때문에 가능한 일이었다. 그 뒤로 나는 번번이 잡혀서 얻어터졌다.

아니나 다를까, 이번에도 다무라가 패거리를 이끌고 한쪽 입꼬리를 씰룩거리며 내 앞에 나타났다.

다무라가 아이들을 향해 외쳤다.

"정어리가 생선인가?"

옆에 있던 아이들이 대답했다.

"아니, 그럴 리 없지."

"보리밥이 밥인가?"

"아니, 절대 그럴 리 없지."

"그럼 조센진이 인간인가?"

다무라의 물음에 패거리가 합창하듯 큰 소리로 답했다.

"그럴 리가! 돼지라면 모를까. 하하하!"

다무라는 흡족한 표정으로 자기 패거리를 향해 또다시 물었다.

"그럼 돼지에게 제일 잘 어울리는 곳은?"

다무라의 물음에 아이들이 어리둥절해하며 서로 얼굴만 바라보았다. 그러자 다무라가 나를 손가락질하며 말했다.

"돼지는 도살장이 제격이지!"

아이들이 키득거렸다. 어떤 아이는 배를 잡고 뒹굴기까지

하며 웃음을 터뜨렸다.

다무라는 내 코앞까지 바짝 다가와 "냄새나는 조센진, 이 땅에서 꺼져!"라고 말하고는 내 얼굴에 침을 뱉었다.

나는 간과 쓸개가 빠진 놈이 아니기 때문에 다무라 얼굴로 곧장 주먹을 날렸다.

그러자 더 많은 주먹이 내게 날아왔다. 아무리 힘껏 싸워도 다섯 명이나 되는 놈들을 이길 수는 없었다. 나는 쓰러졌고 아이들은 한바탕 신나는 놀이를 하듯 내게 발길질을 해 댔다. 나는 녀석들의 발길질을 피해 몸을 둥글게 말고 손으로 머리를 감쌌다. 고통을 참기 위해 이를 악물었다.

얼마 후 발길질이 잦아들었다. 지나가는 어른이 있었기 때문이다. 아이들은 순식간에 착한 아이들처럼 표정을 싹 바꿨다. 다무라는 빙긋 웃으며 "그럼 내일 또 보자!"라는 섬뜩한 말을 남기고 패거리와 함께 골목길로 사라졌다.

나는 소맷자락으로 얼른 눈가를 훔쳤다. 눈물은 절대 흘리고 싶지 않지만 맞고 나면 나도 모르게 꼭 눈물이 났다. 억울해서, 분해서 눈물이 났다. 이렇게 아무 이유 없이 맞는 일은 너무 억울하다. 억울해서 미칠 것 같다. 아무리 생각해도 조선인이라는 사실이 왜 맞아야 하는 이유인지 모르겠다.

그놈들은 날 때리면서 마치 일본 어른들처럼 말도 안 되는 소리를 했다. '조센진'은 태생이 나쁜 놈이라서, 나쁜 짓을 할 가능성이 많아서 일단 때려 줘야 한단다. 냄새가 나고 더러운 놈이라고 때리기도 했다. 아무리 씻고 다녀도 이미 냄새나는 놈으로 찍힌 나는 그냥 냄새나는 놈이 됐다. 심지어 나조차도 내 몸에서 냄새가 나나 싶어 코를 킁킁거릴 때가 있었다. 아무리 저항해도 그 녀석들은 내 몸뿐 아니라 내 마음까지 점점 옭아매고 있다.

한숨이 나온다.

그 녀석들이 내가 맞아야 할 이유라고 댄 것 중에 그럴듯한 이유는 단 하나도 없다. 그냥 나를 때리고 싶어서 대는 핑계에 불과했다. 그래서 대책이 없다. 나에게 문제가 있어서 생긴 일이라면 고치려고 노력할 수 있지만, 그냥 내가 싫어서 때리는 놈은 어떻게 해 볼 도리가 없기 때문이다.

내 친구,
류스케와
모모코

흙먼지가 잔뜩 묻은 옷을 대충 털고 친구들이 기다리는 곳으로 발걸음을 옮겼다. 그곳은 우리만의 아지트다. 동네에서 좀 외진 곳에 있는 우리 아지트는 몇 년 전 전염병 환자를 임시로 수용했던 건물이다. 그 이전에는 정신병원으로 쓰였다는데, 지금은 폐쇄되어서 흉물스럽게 방치되어 있었다. 일본인들은 그 근처에 가지도 않았다. 덕분에 우리는 그곳을 자주 이용했다. 우리를 방해할 사람이 아무도 없기 때문이다.

건물 앞에는 아름드리 벗나무가 있어서 나무를 타고 놀기에도 좋았다. 나는 그곳으로 가고 있다. 친구들이 있기 때문이다. 바로 류스케와 모모코다. 둘 다 일본인이다.

나에겐 조선인 친구가 한 명도 없다. 우리 마을에는 내 또래 아이가 없기 때문이다. 아니, 어린이 자체가 없다. 우리 집 말고는 돈을 벌기 위해 가족을 조선에 남겨 두고 혼자 일본으로 건너온 집안의 가장이 많았기 때문이다.

커다란 벚나무에 기대선 류스케가 보였다.

그 옆에 낚시 도구와 작은 양동이 따위가 놓여 있었다.

"아스카! 여기야, 여기!"

류스케가 내 이름을 부르며 손 대신 목발을 높이 들고 인사했다.

아스카.

아스카는 내 일본 이름이다.

아버지가 고민 끝에 지어 준 이름이다. 하늘을 나는 새라는 뜻이다.

내 한국 이름은 염원이다. 성이 염이고 이름이 원이다. 나는 1911년에 태어났다. 나라를 잃은 이듬해였다. 그래서 아버지는 내게 이런 이름을 지어 주었다. 사실 내 이름 앞에는 숨겨진 두 글자가 더 있다고 한다. 바로 독립이다. 아버지는 그 말은 아무한테도 하지 말라고 했다.

"류스케!"

나도 류스케를 향해 싱긋 웃어 주었다.

그때 나무 뒤에서 다람쥐처럼 작고 귀여운 모모코가 숨어 있다가 쏙 나타났다.

"아스카!"

모모코는 내게 뜰채를 흔들어 보였다.

"모모코!"

나는 있는 힘껏 친구들에게 달려갔다. 나도 모르게 온 얼굴에 미소가 퍼졌다. 둘이 없었다면 나는 학교생활을 견디기 힘들었을 거다.

모모코가 내 얼굴을 가까이에서 보더니 인상을 찡그리며 물었다.

"아스카, 얼굴이 왜 그래? 다무라가 또 때렸어?"

나는 어깨를 으쓱하며 대답했다.

"늘 있는 일이라서 이젠 아무렇지도 않아."

류스케가 화난 얼굴로 말했다.

"다무라 그놈을 언젠가 내 주먹으로 혼쭐내 줄 거야."

나는 애처로울 만큼 가느다란 류스케의 하얀 손을 잡으며 말했다.

"이렇게 약한 손으로?"

류스케가 쑥스러운 듯 슬그머니 손을 빼며 말했다.

"지금은 이렇지만 내년에 중학생이 되면 더 커지고 강해질 거야. 난 날마다 자라고 있다고."

"나도! 나도 자라고 있어!"

모모코가 까치발을 딛고 서서는 나에게 말했다.

"그래, 이 벚나무처럼 자라서 다무라를 물리치자."

나도 까치발을 하고 말했다.

"우아, 그럼 우리가 거인이 되겠네. 거인 삼총사! 그땐 다무라 같은 녀석은 한주먹거리도 안 되겠는걸."

류스케가 작은 주먹을 들어 올리며 호기롭게 말했다.

우리는 언제나 맞고 다녔지만 우리 스스로는 용감한 삼총사라고 일컬었다. 물론 다무라 패거리는 우리를 바퀴벌레 세 마리라고 놀렸다.

내가 오기 전에 모모코와 류스케는 다무라의 밥이었다고 했다. 모모코가 부락민 출신이기 때문이다. 마치 우리나라에 천민이 있었던 것처럼 옛날 일본에도 신분 계급이 있었는데, 맨 밑바닥 계급이 바로 부락민이라고 했다. 모모코의 아버지는 소나 돼지를 잡는 도축업자인데, 일본에서도 그런 일을 하는 사람은 예전에 천민이었다고 한다. 그래서 아이들은 모모코가 예쁘고 상냥한데도 친하게 지내려 하지 않았다. 모모코와 친하게 지내면 자기도 덩달아 낮은 계급이 된다고 여기는 것 같았다.

심지어는 학교가 끝난 뒤 다무라 패거리가 모모코를 학교 뒷마당 나무에 묶어 두고 달아난 적도 있었다. 그때 내가 그곳을 지나가다가 모모코를 봤다. 새카맣고 커다란 눈동자에 눈물이 그렁그렁 맺혀 있었다. 나는 아무 망설임 없이 모모코를 도와주었고, 그 뒤로 모모코는 나와 친구가 되었다.

류스케는 부락민도 아니고 멍청이도 아니고 더군다나 조선인도 아니지만, 다무라를 피해 갈 수 없었다. 류스케는 신체적인 약점이 있기 때문이다. 류스케는 소아마비를 앓아서 한쪽 팔과 다리를 잘 쓰지 못했다. 그래서 언제나 목발을 짚고 다녀야 했다. 다무라 패거리는 류스케가 걸어오면 발을 걸어 넘어뜨리거나 뒤통수를 때리고 도망치곤 했다.

나는 다무라의 그런 비열한 짓이 지긋지긋했다. 그래서 류스케를 위해 싸우기도 했다. 물론 결과는 항상 내가 두들겨 맞는 것으로 끝났지만, 대신 류스케라는 좋은 친구를 얻었다.

우리는 류스케의 발걸음에 맞춰 아주 천천히 걸었다. 그렇지만 전혀 답답하지 않았다. 느리게 걷더라도 언제나 함께 걷고 싶은 친구이기 때문이다. 누가 뭐래도 류스케는 내게 아주 소중한 친구다. 손발이 뒤틀려 남들은 그렇게 보지 않을지라도,

내 눈에는 우리 학교에서 가장 멀쩡한 친구였다. 류스케의 심성은 전혀 뒤틀리지 않았으니까 말이다. 그런 점에서 류스케는 팔다리가 멀쩡한 다무라보다 훨씬 튼튼한 아이였다.

신나게 이야기하며 와서 그런지 예상보다 일찍 아라카와강에 도착했다.

"오늘은 작은 붕어 정도는 잡을 수 있을 거야."

류스케가 모모코를 보며 자신 있게 말했다.

모모코가 믿지 못하겠다는 표정을 지으며 "과연 그럴까? 지난번에 빈 양동이를 들고 돌아갔는데."라고 비웃었다.

"그건 낚싯줄이 별로 좋지 않아서 그랬던 거야."

내가 나서서 말했다.

"음, 설마!"

모모코가 입술을 삐죽 내밀며 귀엽게 말했다.

나는 류스케와 내 낚싯바늘에 지렁이를 꿰어 낚싯줄을 던졌다. 그리고 낚싯대를 류스케에게 전했다. 류스케는 오른손으로 낚싯대를 잡았다. 모모코가 옆에서 같이 잡아 주었다.

"모모코, 이번엔 내 실력을 확실히 보여 줄게."

내가 낚싯대 손잡이에 힘을 주며 자신만만하게 말했다.

우리는 나란히 앉아 햇살에 반짝이는 강을 바라보았다. 강바

람이 시원하게 우리를 스쳤다.

모모코는 슬그머니 내 쪽으로 몸을 돌려 내 몸에 난 상처와 먼지를 손수건으로 닦아 주었다.

류스케가 내 상처를 흘깃 보며 말했다.

"다무라 말이야, 다무라는 도대체 왜 그럴까? 조선인이라는 게 무슨 죄라도 되는 듯이 구는 이유가 뭘까? 다무라 같은 놈도 미국이나 구라파 같은 곳에 가서 차별을 받는다면 그냥 고분고분하게 있을까? 나는 이방인이니까 차별받아도 괜찮아, 이러면서?"

내가 웃으면서 말했다.

"그럴 리가! 억울해서 미치려고 하겠지."

"조금만 생각하면 바로 답이 나오는데 다무라는 도통 생각을 할 줄 몰라. 머리를 장식으로 달고 다니는 것 같아."

류스케가 웃으며 대답했다.

우리 얘기를 듣던 모모코가 한숨을 내쉬었다.

"우리는 조상 대대로 일본에서 살았어. 우리는 100퍼센트 일본인이라는 뜻이야. 그런데 가끔 이런 의문이 들어. 우리가 정말 일본인이 맞을까 하는 의문이……. 우리 할아버지도 열심히 사셨고 우리 아버지도 열심히 살고 있어. 아마 우리 할아버지의 할아버지도 정말 열심히 사셨겠지. 무척이나 성실하게. 그런데 우리는 평생 차별받고 무시당하면서 살고 있어. 신분 제도도 벌써 사라졌는데."

그 말에 내가 대꾸했다.

"이 세상은 우리 학교랑 좀 비슷한 것 같아. 다무라처럼 힘센 사람들은 빼기를 좋아하나 봐. 어처구니없는 이유를 대 가며 넌 이러니까 빠져, 넌 저래서 안 돼 하면서 제외하는 걸 보면 말이야. 그래서 나 같은 조선인을 차별하는 게 아닐까. 난 일본인이 아니어서 제일 먼저 제외되는 것 같아."

"조선인 다음엔 나겠네. 일본인 중에서 가장 신분이 낮으니까."

"그다음엔 신체적으로 문제가 있는 일본인이 빠지겠지. 나 같은 장애인 말이야."

류스케가 힘없는 목소리로 대답했다.

모모코가 우리를 번갈아 보며 물었다.

"그럼 가장 일본인다운 사람이란 어떤 사람들일까? 누가 일본 땅에 남아서 살까? 다무라 같은 아이일까?"

"아니, 다무라보다 훨씬 더 힘세고 못된 놈만 남겠지. 그리고 그놈들은 그 속에서 다시 약자를 찾아 괴롭힐 테고, 그럼 마지막에 진짜 힘만 세고 더럽게 못된 놈만 일본에 남을 테고, 그 놈이 가장 일본인다운 일본인이 되겠지."

내 말에 류스케가 다시 물었다.

"그렇게 못되고 힘센 한 명이 남으면 그놈은 그 힘을 어디에 쓸까? 혼자서 도대체 뭘 할 수 있을까?"

모모코가 고개를 갸우뚱하다가 중얼거리듯 말했다.

"아마 동물들을 모아 놓고 자기가 힘센 걸 또 자랑할걸. 그런 놈은 부하가 없는 것을 몹시 싫어할 테니까 말이야. 그리고 그 동물들을 또 차별할 거야. 힘센 놈과 약한 놈으로."

그 말에 류스케와 나는 웃음을 터뜨렸다.

그러나 모모코는 웃지 않고 우리를 보며 동의를 구했다.

"그냥 말이야, 산처럼 나무도 꽃도 동물도 자유롭게 품어 주면 문제가 하나도 안 생기지 않을까? 산은 그래서 아름답잖아. 저마다 다른 것이 한데 모여 있으니까, 그치?"

우리가 고개를 끄덕였다.

바로 그때 내 낚싯대도 고개를 끄덕였다. 엄청 격렬하게.

나는 흥분해서 소리를 질렀다.

"모모코! 류스케! 큰 물고기가 문 것 같아!"

있는 힘껏 낚싯대를 들어 올렸다. 하지만 너무 무거워서 잘 들어 올려지지 않았다. 힘을 너무 주면 낚싯대가 부러질 것 같았다.

"아스카, 너무 기대하지 마. 지난번에도 속았잖아. 이번엔 어떤 쓰레기일까? 어마어마하게 긴 장화는 아닐까? 큭큭큭."

류스케가 키득거리며 말했다.

"아니, 아닌 것 같아. 지, 지금…… 너무 힘들어!"

나는 온갖 인상을 쓰며 낚싯대를 들어 올렸다.

"맙소사! 메기야, 메기!"

내가 건진 메기를 보고 류스케가 믿기지 않는다는 듯이 소리쳤다. 그도 그럴 것이, 메기가 어른 팔뚝보다 더 굵었다.

커다란 메기가 펄떡펄떡 몸부림을 쳤다. 나는 메기를 겨우 잡아 양동이에 담았다.

그 순간, 류스케의 찌도 심하게 흔들리기 시작했다.

"아스카, 이번엔 내 차례인가 봐."

모모코와 나까지 셋이서 낚싯대를 같이 잡았다.

"류스케, 너무 뒤로 잡으면 안 돼. 낚싯대가 부러질 수 있어. 조금 천천히 미끄러지듯이 끌고 와야 해."

곧 커다란 물고기가 수면 위로 모습을 드러냈다.

이번에도 메기였다. 우리는 환호성을 질렀다. 이렇게 큰 물고기는 한 번도 잡아 본 적이 없었기 때문이다.

"아스카, 메기야! 우리가 메기를 또 낚았어."

류스케가 흥분해서 외쳤다.

나는 고개를 갸웃거리며 중얼거렸다.

"그런데 이상하다. 메기는 보통 밤에 잡히는데, 이렇게 해가 있을 때 잡히다니! 오늘 좀 멍청한 녀석들만 나온 걸까? 그렇지 않고서야 어떻게 메기가 우리한테 잡힐 수 있지?"

그 뒤로도 우리는 계속 메기를 잡았다. 몇 시간 지나지도 않았는데 양동이가 메기로 가득했다. 너무 잘 잡혀서 흥미를 잃을 지경이었다.

나와 모모코는 양동이를 각각 들고 걸었다. 메기는 힘이 넘쳐나서 양동이 속에서도 가만있지 않았다. 양동이를 잡은 손이 마구 흔들릴 정도였다.

류스케가 흔들리는 양동이를 보며 말했다.

"우리 할머니가 말씀해 주셨는데, 땅속 깊은 곳에는 어마어마하게 큰 메기가 살고 있대. 그런데 이 메기가 화를 내면 땅이 흔들려서 지진이 나는 거래. 그래서 우리 할머니 집에 가면 거대한 메기를 잡은 사람들이 메기를 밟거나 죽이는 그림이 있어. 그 그림을 벽 한가운데에 붙여 놓으셨어."

“메기를 때리는 그림을?”

나는 류스케를 돌아보며 말했다.

“지진을 일으키는 메기에게 벌을 주는 그림이지. 그래야 메기가 무서워서 더 이상 지진을 일으키지 못할 거라고 믿으니까. 나는 아직 지진을 한 번도 겪어 본 적이 없는데, 메기가 움직이면 정말 엄청난 지진이 온대. 할아버지가 말씀해 주셨어.”

“그럼 오늘 우리가 진짜 메기를 혼내 주자. 다시는 움직이지 못하게 팔팔 끓는 물에 집어넣고 메기탕으로 만들어 버리자.”

내가 양동이를 높이 들어 올리며 말했다.

“좋아! 나는 엄마한테 메기를 뜨거운 기름 속에 집어넣어 튀겨 달라고 할게, 호호호.”

까만 머리칼을 찰랑거리며 환하게 웃는 모모코의 얼굴이 해처럼 밝았다. 우리는 모처럼 신나게 집으로 돌아갔다.

우리 동네는
판자촌

조선인이 사는 동네는 일본인이 사는 마을과 많이 달랐다. 겉모습부터가 그렇다. 집이 모두 허술했다. 겉에서 보면 이런 데서도 과연 사람이 살까 싶을 만큼 집 아닌 집에서 지내는 조선인이 많았다. 주로 가건물이나 일본인이 절대로 살지 않을 듯한 폐가 같은 곳에 살았기 때문이다. 그러다 보니 우리는 일본인과 어울릴 일이 없었다. 일터가 아닌 이상 말이다.

그렇게 된 데에는 다 이유가 있다. 일본인이 조선인에게 방을 빌려주지 않았기 때문이다. 심지어 집이나 가게 앞에 "개나 조선인 출입 금지"라고 쓴 푯말을 세워 놓기까지 했다. 그래서 조선인은 점점 구석진 곳으로 집을 옮겨야 했다.

우리가 처음 살던 집은 지금보다 더 끔찍했다. 도쿄 근교에 있는 쓰레기 처리장 옆이었는데, 여름이면 구정물이 흘러넘치고 악취가 진동을 했다. 우리는 그런 곳에서 1년이나 살다가 아라카와강 수로 공사를 한다는 말을 듣고 일거리를 찾아 미나미카쓰시카군 쪽으로 이사를 왔다. 이곳에는 공장과 막일거리가 많아 조선인들이 많이 이주했다.

양동이 때문에 뒤뚱거리며 판잣집이 모여 있는 우리 동네로 향했다. 한참을 걸어서야 동네 어귀가 보였다. 양동이를 거의 끌다시피 하며 가 보니 중국인 아저씨가 운영하는 작은 선술집이 초저녁부터 북적였다. 술판이 벌어진 모양이다.

귀에 익은 진주 아저씨의 카랑카랑한 목소리가 선술집 밖으로 흘러나왔다.

"눈 뜨고 코 베어 간다 카더니 시상에 조상 대대로 내려온 토지가 하루아침에 와 남의 땅이 되는 기가! 그놈의 악질 조선 총독부에서 토지 조사 사업인지 뭔지를 해 가지고는 나를 그냥 상거지로 만든 기다. 이기, 이기 말이 된다고 생각하나? 그 땅만 있었어도 내가 이 원수 놈의 땅으로 기 들어오지 않았을 낀데……. 우얄 끼고, 먹고살려면 그래도 이 일이라도 해야 안 되겠나. 조선 땅에는 우리가 먹고살 일거리가 없는데 우짜겠노. 이제 내 소원은 돈 좀 모아 갖고 우리 고향으로 휙 가는 기다. 그래서 빼앗긴 내 땅을 찾는 기다. 근데 그기 맘대로 안 되는 기라. 그래 할 수 없이 내는 하루에도 몇 번씩 하늘을 본다. 훨훨 나는 새를 보면서 내도 새처럼 훨훨 날아 고향에 가고 싶다는 생각만 하는 기다."

"참말로, 일본 놈들은 징헌 것들이제. 나도 그 때문에 밀항선 타고 여기로 안 왔소? 토지 뺏고 쌀 뺏고. 오죽하면 나가 달랑 불알 두 쪽만 차고 일본에 왔을라고요. 하기야 여기 와서도 뭐 하나 건진 것 없이 여전히 불알 두 쪽만 있지만서두."

군산 아저씨였다. 아저씨 말에 옆에 앉아 있던 다른 조선인들까지 웃음을 터뜨렸다.

"농사일 지긋지긋했는데 요 와서는 말도 안 통하고 공장에서 일은 쌔빠지게 하고 돈은 쥐꼬리만큼 받고, 이기 어디 사람 사는 꼴인지. 집은 판잣집에 훅 불면 날아갈 것 같고. 하루 벌어 하루 사는데 돈이 어데 모여야제. 내사 마 이제 오도 가도 몬하고 우째해야 할지 모르겠다."

진주 아저씨의 푸념이 이어졌다.

"오메, 두말하면 잔소리제. 우리 중에 사연 없는 사람이 어디 있어라. 아무튼 이것도 인연이라고, 혼자보다는 둘이 낫고 둘보다는 셋이 낫고. 조선 사람을 이국땅에서 만나 같이 일하러

31

댕기니까 그건 좋네, 좋아. 시상에 타향도 아니고 이국땅에서, 그것도 넓디넓은 일본 땅에서 딴 곳도 아닌 미나마카쓰? 그게 뭐다냐. 대학생 우리 동혁아, 우리 사는 요 동네 이름이 뭐다냐?"

와세다 대학을 다니다 휴학한 동혁이 형이 얼른 대답했다.

"미나마카쓰시카군입니다."

"일본 말은 거시기하다. 뭔 말을 해도 욕처럼 들리고. 이 머릿속에 들어가지가 않는다. 이름도 몬 외겠네. 좌우간 여기가 공장도 많이 들어서고 강 방수로 사업도 하는 덕분에 우리가 이렇게 낯선 땅에서 만나는 것 아니겠나. 조선 땅에 있었으면 얼굴 볼 일도 없었을 사람들인데. 자, 한잔 들자고요. 우리 돈 왕창 벌어서 하루빨리 귀국합시다! 건배!"

진주 아저씨의 말에 다들 술잔을 높이 들어 건배를 했다.

나는 선술집 문틈으로 고개를 삐죽 들이밀고 아버지를 찾았다.

"원이 아니냐? 워메, 이게 다 뭐다냐? 메기 아니여? 야, 오늘은 원이네 집에서 잔치를 해야겠고만. 월척이여, 월척!"

군산 아저씨가 내가 잡아 온 메기를 보며 소리쳤다. 그러자 선술집에 있는 사람들이 모두 내 앞으로 몰려와 메기를 보고 환호성을 질렀다.

"저기, 우리 아버지는 여기 안 계시나요?"

나는 선술집 안을 두리번거리며 물었다.

"오늘 몸이 좀 안 좋다고 일찍 들어가 부렀다. 아까 공사장에서 허리를 조금 삐끗하긴 했는디, 뭐 다 핑계여. 마누라 보고 자파서 바로 들어간 것이제. 가족이 함께 있으니 얼마나 좋으냐? 우리야 홀몸으로 왔다마는, 네 아버지는 가족이 다 같이 와서 고생은 좀 되더라도 날마다 얼굴 보고 지내니 좋겠어. 어여 들어가 봐라."

군산 아저씨가 내 머리를 쓰다듬으며 말했다.

"네, 안녕히 계세요!"

나는 발걸음을 빨리하며 집으로 향했다.

"다녀왔습니다."

문을 열자 어머니가 김이 나는 물수건으로 아버지 허리에 찜질을 해 주고 있었다. 아버지는 엎드려서도 책을 읽고 있었다. 아버지는 늘 사회 뭐라뭐라 하는 책이나 경제 뭐라뭐라 써진 제목의 책을 읽었다. 아버지가 조선에서 무슨 일을 했는지 나는 모른다. 아버지는 한 번도 내게 그런 말을 한 적이 없다. 나는 아버지가 선생님이 아니었을까 추측만 해 본다. 조선에 살

때 학생들이 자주 우리 집을 찾았기 때문이다.

"원아, 오늘은 왜 이렇게 늦었어? 그렇잖아도 걱정하던 참이다."

어머니가 나를 보고 일어나며 말했다.

"류스케랑 모모코랑 같이 낚시를 했어요."

나는 양동이를 올려서 어머니에게 보여 줬다.

"어머나! 여보, 원이가 엄청 큰 메기를 잡았어요. 당신 팔뚝만 해요."

어머니가 아버지를 향해 말했다.

"원이가 이제 낚시꾼이 다 되었나 보네. 매운탕 끓이면 좋겠구나."

아버지가 나에게 빙긋 웃으며 말했다.

"아버지, 어디 많이 다치셨어요?"

나는 부엌에 양동이를 내려놓고 방으로 들어서며 말했다.

"아니다, 조금 다쳤어. 늘 있는 일인걸, 뭐. 원아, 요즘은 학교 다닐 만하니? 그놈들이 아직도 텃세를 부리냐?"

아버지가 걱정스런 목소리로 물었다.

"아니에요. 이제 조금 나아졌어요."

"원아, 학교에서 힘든 일이 많아도 그들이 가르치는 수학과

과학 같은 지식은 반드시 배워 둬야 한다. 앞으로 네게 큰 도움이 될 거야. 우리 조국에도. 그러니 소학교만이라도 졸업하자꾸나. 일본 말도 잘 배워 두고. 분명 써먹을 일이 있을 게다. 우리 조금만 더 힘내자꾸나!"

아버지는 뭔가 안다는 듯이 내 눈을 바라봤다.

나는 대답 대신 고개만 끄덕였다.

1923년
9월 1일

아버지는 새벽 일찍 일하러 나갔고 어머니도 방직 공장에서 일했기 때문에 나는 혼자 점심을 먹으려고 부엌에서 먹을 만한 걸 찾고 있었다. 시곗바늘이 정오를 가리키려는 찰나, 거대한 짐승의 울음소리처럼 으르렁거리는 소리가 나면서 집이 흔들렸다. 지붕에서 뭐가 떨어지는 것 같았고 집 전체가 비바람에 흔들리는 나무처럼 떨렸다. 마치 거인이 땅을 마구 흔들어 대는 것 같았다. 부엌 선반에 올려놓은 그릇들이 우당탕탕 바닥으로 쏟아져 내렸다.

"앗, 지진이다! 지진이야!"

나는 머리를 감싸고 곧장 바깥으로 뛰쳐나갔다.

5분 동안 엄청난 진동으로 땅이 출렁거렸다.

걸을 수조차 없어서 땅바닥에 엎드려 꼼짝 못했다. 잠시 뒤 지진이 잠잠해졌다. 얼른 방으로 뛰어들어 이불이며 옷가지 따위를 밖으로 던져 놓았다. 어떤 게 중요한지 몰라서 눈에 보이는 대로 손에 집히는 대로 물건을 밖으로 꺼냈다.

그때 나무 벽 쪽에서 삐거덕 소리가 났다. 그러더니 이내 벽이 기우뚱하며 나무 벽이 무너져 내렸다. 나는 곧장 밖으로 뛰쳐나왔다. 던져 둔 물건들을 가능하면 집과 멀리 떨어진 곳으로 다시 옮겨 놓았다. 동네 사람들도 모두 물건들을 집 밖으로 옮기고 쌓아 두느라 정신이 없었다.

그런데 잠시 후, 옆 동네에서 불길이 솟구쳤다. 순식간에 매캐한 연기가 퍼져서 눈이 매워졌다. 점심때라 집집마다 불을 때고 밥할 준비를 하고 있어서 불똥이 여기저기로 쉽게 튀었던 모양이다. 마침내 불길이 우리 마을로도 번졌다. 판잣집은 나무로 얼기설기 지은 가건물 같은 셈이라 불이 너무나 쉽게 번지고 말았다.

부모님이 없어서 덜컥 겁이 났지만, 다행히 우리 집에는 아직 불이 옮겨붙지 않았다. 나는 물동이에 담아 둔 물을 집 주변에 뿌렸다. 집에도 뿌리고 이불 위에도 뿌려 놓았다. 그리고 마을 사람들과 함께 큰길로 나와 어디로 가는지도 모르고 달렸다.

심장이 쿵쿵 뛰었다. 모퉁이를 돌아 일본인들이 사는 마을 쪽으로 나서자 더 거대하게 타오르는 불덩어리가 보였다.

엎친 데 덮친 격으로 한 차례 여진이 왔다. 큰길가에 세워진 3층짜리 건물이 심하게 흔들리면서 지붕에 붙어 있던 타일이 후두두 떨어져 내렸다. 사람들이 아우성을 쳤고, 다들 어디로 어떻게 피해야 할지 몰라 허둥거렸다. 몇몇은 타일에 머리를 맞아 피를 흘리며 달아났다.

불이 난 건물 쪽에서 온몸이 불길에 싸인 사람이 살려 달라고 소리치며 달려 나왔다. 사람들이 달려가 그에게 물을 부어 주었다. 몸에 붙은 불은 꺼졌지만 그는 고통으로 비명을 질러 댔다.

몇몇 사람은 자기 집에 붙은 불을 끄려고 수돗가로 향했다. 그러나 물이 나오지 않았다. 지진으로 수도관이 망가진 것 같았다. 우물을 향해 달렸지만 불길이 너무나 엄청나서 그 정도로는 어림도 없어 보였다. 그래도 사람들은 물동이를 옆 사람에게 전달하며 불길을 잡으려고 죽을힘을 다했다. 물론 거대한 불길을 꺾기에는 역부족이었다. 불은 마치 살아 있는 생명체처럼 회오리쳐서 건물과 사람을 덮쳤다.

어떤 여자는 불타는 집 앞에서 발을 동동 구르고 있었다. 집이 기우뚱하며 무너지려 했지만 여자는 비명만 지를 뿐이었다.

"아이가 집 안에 있어요. 아이가 갇혔어요!"

하지만 아무도 집 안으로 들어갈 엄두를 내지 못했다. 사람들은 그저 위험한 곳에 접근하지 못하게 하려고 여자를 꽉 붙들고만 있었다. 집은 곧 무너지고 말았다.

여자는 믿지 못하겠다는 듯 손으로 입을 가렸다.

모두 어찌할 바를 모르고 사방으로 달렸다. 검은 연기가 연이어 하늘로 솟구쳤다. 지옥이 따로 없었다.

불에 시커멓게 그슬린 사람들이 소리를 지르며 사방에서 튀어나왔다. 어떤 이는 회색 먼지로 뒤범벅이 된 채 터벅터벅 걷다가 내 옆에서 푹 쓰러졌다. 무너진 건물 사이에서 온몸에 피를 흘리며 절뚝이며 걸어 나오는 사람들도 있었다. 도시 전체가 폭격을 맞은 것처럼 폐허가 되었고, 사람들은 우왕좌왕 하염없이 달렸다. 일부는 공원 쪽으로 달렸고 일부는 강가를 향해 달렸다.

겁에 질린 나는 그 사람들 사이에 끼어 이러지도 저러지도 못하고 눈물을 흘리며 발을 동동 굴렀다.

그때였다.

"원아, 원아!"

분명 나를 부르는 소리였다. 나는 뒤를 돌아보았다.

어머니가 나를 향해 달려오고 있었다. 방직 공장은 집에서 그리 멀지 않아서 어머니는 지진이 나자마자 집으로 갔었나 보다. 어머니는 내 손을 잡고 우리 마을과 가까운 공원으로 달렸다. 공원은 벌써 많은 사람들로 북적거렸다.

바람이 불면 뜨거운 열기가 훅 끼쳐 왔다. 그럴 때마다 어머니는 나를 안아 주었다.

얼마나 있었을까? 여진이 사라진 듯하자 사람들이 다시 슬슬 움직였다. 우리도 집으로 가려고 거리로 나왔다. 엉망이 된 도로를 자동차 한 대가 천천히 달리며 안내 방송을 했다.

"국민 여러분, 국민 여러분, 안심하십시오. 이제 강한 지진은 더 이상 없을 테니 모두 안심하십시오. 대일본 지질학 협회의 발표에 따르면 이제 강진은 없을 거라고 합니다. 그러니 모두 안심하십시오. 안심하십시오!"

그러나 방송이 끝나기가 무섭게 또 한 번 강진이 왔다. 머리 위로 벽돌이며 유리며 온갖 것들이 떨어지는 바람에 어머니와 나는 다시 공원을 향해 달려야 했다. 공원에는 아까보다 더 많은 사람이 밀려들었다. 비집고 들어갈 자리를 찾는 데에도 많은 시간이 걸렸다. 우리는 아무것도 갖고 나오지 못해 이불조차 없었다. 나는 어머니 품에 아기처럼 안겨 덜덜 떨기만 했다.

밤이 되자 여기저기서 사람들을 찾는 목소리가 들려왔다. 어머니와 나는 귀를 쫑긋 세우고 아버지 목소리를 기다렸지만 들리지 않았다.

시간이 흐르면서 불길은 어느 정도 사그라졌다. 하지만 온 도시가 연기로 가득해서, 여기저기에서 사람들의 기침 소리가 끊이지 않았다. 나도 눈앞이 흐릿하고 따끔거려서 눈을 계속 깜빡거려야 했다.

"원아, 이제 가도 될 것 같다."

깜빡 잠이 든 나를 어머니가 살며시 흔들면서 말했다.

우리는 새벽녘에 우리 동네로 돌아갔다.

우리 동네도 아수라장이었다. 동네 전체가 잿더미가 되어 있었다. 불이 이웃 동네에서 우리 동네로 옮겨붙은 탓이었다.

그래도 어머니와 나는 집으로 갔다.

잿더미 한가운데에서 이불 한 채를 들고 서 있는 아버지가 보였다. 내가 마당으로 던져 둔 이불 같았다.

"여보!"

"아버지!"

우리 셋은 아무 말도 못하고 한참을 서로 부둥켜안았다.

잠시 뒤 아버지가 내 몸을 살피며 물었다.

"어디 다친 데는 없니?"

"없어요. 멀쩡해요."

"다행이다. 정말 다행이야."

나도 아버지 모습을 살펴봤다. 아버지 얼굴은 연기에 그을렸고 옷은 군데군데 찢어지고 탔다. 그렇지만 아버지가 무사히 돌아와서 정말 다행이었다.

날이 점점 더 밝아 왔다.

처참한 우리 집의 모습이 또렷이 눈에 들어왔다.

"아무것도 남지 않았구나. 집도 사라지고, 모든 게 망가졌어. 가진 것도 없었는데……. 이젠 우리 셋만 남았구나."

아버지가 홀랑 타 버린 집을 부지깽이로 헤집으며 말했다.

매캐한 연기가 피어오르고, 잿더미 밑에서 잔불이 반짝였다. 어머니와 나는 아버지 옆에서 꼼짝도 않고 재가 된 집만 멍하니 바라보았다. 우리가 할 수 있는 일은 아무것도 없었다. 아무것도.

분노의
함성

날이 밝자 여기저기 피난했던 조선 사람들이 집으로 돌아왔다. 잿더미가 된 집 앞에서 모두들 절망에 빠졌다.

"형님, 이제 나는 어째야 쓸까이. 진짜 어째야 쓸까이. 내 돈이 홀라당 다 타 버렸어야. 미치겠네. 환장허겠어. 이제 어떻게 살아야 된당가!"

군산 아저씨는 아버지를 보자마자 눈물을 뚝뚝 흘리며 울부짖었다.

아저씨는 지금껏 모은 돈을 판잣집 지붕 안쪽에 숨겨 놓았다고 했다. 그런데 집에 불이 붙는 바람에 그 돈까지 다 타 버렸다. 전 재산을 잃은 것이다.

진주 아저씨는 군산 아저씨를 향해 딱하다는 투로 소리쳤다.

"어휴, 내가 몬 산다, 몬 살아. 우짜자고 돈을 거기다 놔두었노. 나처럼 몸에다가 칭칭 감고 또 땅에다 깊이 묻어 놔야지. 나는 항아리에 뚜껑까지 꽉 덮어서 끄떡도 없는데 이 문디 자식은……. 이제 진짜 우짤 끼고, 이 미련한 놈아. 고만 울어! 내가 좀 보태 줄 테니 고만 울어라. 나도 눈물이 나 죽겠구만."

"여진이 이어져서 여기에 있기도 곤란할 텐데, 자네는 어떻게 할 생각인가?"

아버지가 유학생 동혁이 형에게 물었다.

"저는 일단 경성으로 돌아가야겠습니다. 분명 부모님이 지진 소식을 들으실 텐데, 제가 잘못된 줄 알고 걱정하실까 봐요. 우선 교통과 통신이 복구되는 대로 전보를 보내고, 곧 배편을 알아보려고 합니다. 그때까지는 어쩔 수 없이 여기에 머물러야 할 것 같고요."

"지금 당장이 문제일세. 먹을 것도 문제고, 잘 곳도 그렇고. 일단은 사람들이 많은 공원에 있는 편이 더 안전할 것 같네. 아무래도 구호물자가 사람들이 많은 곳으로 갈 테니까."

우리 동네 사람들은 건질 수 있는 물건은 최대한 건져서 다시 공원으로 갔다. 여진의 공포 때문에 공원이나 신사, 공터로 수천 명이 몰려들었다. 어디든 부모를 잃고 우는 아이들의 흐

느낌이 가득했다. 화재로 집을 잃고 겨우 목숨만 건져서 피난한 사람들은 혼이 나간 듯 눈동자가 풀려 있었다. 부모 형제와 헤어져서 서로 찾아 헤매는 사람도 많았다. 여기저기 사람을 찾는 푯말이 놓여 있었다.

그리고 아무 대책도 없는 무능한 정부를 탓하는 소리가 터져 나왔다.

"도쿄가 하루아침에 무너지다니!"

"젠장, 집은 다 무너지고 먹을 것조차 하나 없는데 도대체 정부는 뭐 하는 거야? 우릴 이대로 굶길 작정인가?"

"집들을 얼마나 개판으로 지어 놨으면 이렇게 종잇조각처럼 넘어지겠어요? 이게 다 관료들의 부정부패 때문에 그런 것 아니겠소."

"구호물자는 도대체 언제 오는 거야? 이놈의 정부는 대책이 전혀 없는 것 같아. 우리가 이제 뭘 하겠소. 도둑질을 해서라도 먹을 것을 챙겨야 하는 것 아니오?"

"이번에 우리가 모두 들고일어납시다. 그러지 않으면 정부가 움직이질 않을 거요."

분노의 목소리는 다른 곳으로도 튀었다.

"지진학자라는 자들이 도쿄에는 대지진이 없을 거라고 호언

장담하더니만 이렇게 큰 지진이 났잖소. 아무것도 모르는 주제에 멋대로 입을 놀린 그놈들부터 잡으러 갑시다."

"이번에도 그놈의 메기 새끼들이 강에서 튀어나오고 난리였대요. 메기들을 그냥 다 잡아 죽여야 하는 건가!"

사람들이 모인 곳마다 불평이 넘쳐 났다.

나는 메기라는 소리에 번뜩 류스케의 말이 떠올라 옆에 앉은 동혁이 형에게 물었다.

"동혁이 형, 제가 어제 강에서 메기를 엄청 많이 잡았는데, 메기 때문에 이런 일이 생긴 건가요? 정말 메기가 지진을 일으킨 건가요?"

"설마! 메기가 많아진 건 아마도 지진의 여러 징후 중 하나겠지. 메기가 지진을 일으킨 게 아니라."

"그런데 왜 사람들이 메기를 탓하죠?"

"지금 너무 화가 나니까 이 엄청난 사태를 책임질 누군가를 찾는 거야. 그것이 무능한 정부든 건축업자든 심지어 신이나 메기여도 상관없어. 사람들은 재난을 당하면 비난할 어떤 대상이 필요해진단다. 너도 화가 나면 누구한테 그 화를 풀고 싶은 거랑 마찬가지야. 우리나라 속담에도 왜 그런 말 있잖니. 종로에서 뺨 맞고 한강 가서 눈 흘긴다고. 이를테면 그런 거지. 나도 지금 내 자신을 탓하고 있다. 왜 하필 이런 때 일본에 왔나 하고."

동혁이 형이 한숨을 내쉬며 말했다.

시간이 지날수록 사람들은 더 술렁거렸다. 아무리 기다려도 구호물자가 올 기미가 없었기 때문이다. 주변에서는 굶주린 아기들의 울음소리가 더 커졌고 불평불만이 더 잦아졌다.

당장 거센 폭풍이 닥칠 것만 같았다. 사람들의 말이 더욱 거칠어졌기 때문이다. 그러자 공원 한가운데에서 어느 중년 남자가 커다란 상자 위에 올라가 소리를 질렀다.

"폭동을 일으켜서라도 이놈의 나라를, 멍청한 쓰레기 같은 정치인들을 정신 차리게 해야 합니다! 우리가 행동으로 보여 줍시다!"

공원에 있던 사람들이 그 남자에게 박수를 보냈다. 어떤 사람은 "옳소! 옳소!" 하고 외쳤다.

"맞습니다. 우리가 쌀 소동 때 얼마나 크게 항거했습니까? 그런데 그들은 우리 요구를 들어주기는커녕 민중을 더욱 탄압하지 않았습니까? 이번 기회에 제대로 혼내 줍시다!"

"옳소! 옳소!"

공원 중앙을 향해 더 많은 사람들이 몰려들었고, 그 남자의 말에 동조하는 사람들도 더욱 늘었다.

그런데 어느 순간 갑자기 순사들의 수가 눈에 띄게 늘어났다. 군인들도 주변을 서성거렸다.

동혁이 형이 슬며시 일어나 아버지와 이웃 아저씨들에게 가까이 갔다. 그러고는 목소리를 한껏 낮춰 말했다.

"뭔가 이상합니다. 여기에 순사와 군인이 늘어나고 있어요. 무슨 일이 일어날 것 같으니 다른 곳으로 가는 게 좋겠어요."

"왜? 뭣이라? 뭐가 어떻게 됐다고?"

군산 아저씨가 눈치 없이 큰 소리로 되물었다.

"이 문디야, 입 좀 닫아 봐라! 눈치가 그리도 없나? 내도 아까부터 봤다만, 요상하게 순사들이 불쑥불쑥 나타나는 것이 아무래도 불길하다. 여기 있는 사람들 다 잡아 죽이려는 것 아이가."

진주 아저씨가 불안한 듯 눈알을 굴리며 말했다.

"설마 일본인이 일본인을 그렇게 죽이겠습니까? 그랬다가는 반발이 더 커질 텐데요. 조금만 기다려 봅시다."

아버지가 진주 아저씨를 달래며 말했다.

"근디 지금 앞에서 나불거리는 저놈 말이여. 저놈이 하는 소리가 무슨 소린감? 나는 당최 알아들을 수가 없구먼."

군산 아저씨가 아버지에게 말했다.

"구호물자 안 주면 폭동을 일으키자고 하네요."

아버지가 대답했다.

"좋아 부러. 그려, 그렇게 나가야 하는 것이제. 일을 하려면 그렇게 해야 된당께. 당차게 해 부러야지."

"저놈의 입을 그냥 확 틀어막아야 할 낀데. 여가 지금 어데라꼬 니 자꾸 조선말을 해 대고 난리가. 제발 입 좀 닫아라."

애가 탄 진주 아저씨가 군산 아저씨의 등짝을 때리며 핀잔을 주었다.

"조선 사람이 조선말 하는 게 뭐가 어떻다고……."

군산 아저씨가 구시렁거렸다.

"일이 어떻게 돌아가는지 잠깐 알아보고 오겠습니다."

동혁이 형이 일어서며 말했다.

"나랑 같이 가세. 나도 알아보겠네."

아버지가 따라나섰다.

"저기, 원이 아버지!"

어머니가 다급하게 아버지 손을 잡았다.

아버지는 빙긋 웃어 보이며 안심하라는 듯 어머니 손을 토닥였다.

"곧 돌아오겠소."

나는 불안한 마음으로 아버지와 동혁이 형의 뒷모습을 지켜보았다. 두 사람은 이내 사람들 속에 묻혀 보이지 않았다.

어머니와 나는 점점 피난민에서 시위대로 변해 가는 일본 사람들 틈에 끼어 이러지도 저러지도 못한 채 속만 태우며 가만히 앉아 있었다.

덫

소변이 마려워 잠시 공원 가장자리 쪽으로 갔다. 사람들 눈치를 보며 오줌 눌 만한 외진 장소를 찾았다. 마침 눈에 띄게 굵직한 나무가 있어서, 그 뒤에 숨어 오줌을 누면 좋을 듯했다.

딱 자리를 잡고 오줌을 누려는 순간, 군인들이 일사불란하게 줄을 지어 내 쪽으로 몰려왔다. 나와의 거리는 채 5미터도 안 되어 보였다. 하도 놀라서 오줌이 다시 오줌보로 쏙 들어갈 뻔했다. 더 가까이 오면 어떡하나 걱정했는데, 다행히 더 오지 않고 그곳에 멈춰 섰다.

"지금 대지진으로 혼란한 틈을 이용해 조선인들이 일본 곳곳의 우물에 독을 타고, 조선 의열단 같은 테러리스트들이 도쿄로 숨어들고 있다는 첩보가 들어왔다. 제군은 집집마다 방문하여 이 사실을 알리고, 마을마다 자경단을 모집해서 마을을 보호하게 해야 한다. 또한 수상한 짓을 하는 조선인이 있으면 즉시 발포하여 사살해도 좋다. 이 시각 이후 각자 맡은 구역으로 움직인다! 이상!"

지휘관이 사라지자 군인들이 무리 지어 이동했다.

그런데 몇몇 군인이 담배를 꺼내며 근처 벤치로 걸어왔다. 나는 오줌보가 터질 것 같아 더는 참을 수가 없었다. 하지만 소리가 나면 들킬까 봐 엉겁결에 앉아서 오줌을 누었다.

"내 그럴 줄 알았어. 조센진 그놈들은 본래부터 쓰레기였어. 진작 쓸어 버려야 했다고."

뒤통수만 보이는 어떤 군인이 굵직한 목소리로 말했다.

"조센진 새끼들, 남의 불행을 그런 식으로 이용하다니. 내가 이번에 군인 정신을 단단히 보여 주겠어. 내가 이래 봬도 백발백중이지."

맞은편에 앉은 군인이 손으로 총을 겨누는 시늉을 하며 대답했다.

둘이 얘기하고 있는데 또 다른 군인 둘이 다가왔다. 그러자 그들은 벌떡 일어나 거수경례를 하고는 다른 곳으로 가 버렸다. 계급이 더 높은 군인들이 온 것 같았다. 나는 언제 이 자리를 떠야 할지 몰라 군인들에게서 눈을 떼지 않고 신경을 곤두세웠다.

키가 크고 모자를 삐뚜름하게 쓴 군인이 배가 불룩 나온 키 작은 군인에게 물었다.

"너는 어디로 배치됐어?"

"난 도쿄 시바구. 넌?"

"오사카. 그나저나 조센진들은 도대체 왜 그럴까? 어떻게 그런 생각을 하지? 이제 물도 제대로 못 마시겠네. 우물에 독을 타고 다닌다니, 맙소사!"

모자를 벗어 던지며 키다리 군인이 투덜거리듯 말했다.

"순진하기는! 그렇게 머리가 안 돌아가서야 어떻게 군 생활을 할래? 딱 보면 모르냐? 지금 정부가 무슨 수를 쓰는 건지, 그 의도가 뭔지 정말 몰라?"

"의도? 우리 정부가? 도대체 무슨 소리야? 나 머리 나쁜 거 다 알면서 왜 빙빙 돌려 말해? 알아듣기 쉽게 좀 얘기해 봐."

"곧 계엄령을 선포한다잖아."

키 작은 군인이 목소리를 한껏 낮춰 조심스레 말했다.

"그 얘기는 들었어. 그런데 전쟁이 난 것도 아닌데 왜 갑자기 계엄령을 선포한다고 그러지?"

"예전 쌀 소동 때처럼 사람들이 폭동을 일으킬까 봐 그러는 거지. 쇼와 천황은 나이가 어리고 총리 자리엔 사람이 없잖아. 이러다 민중 봉기라도 일어나면 골치 아프니까 우치다 외상이 조센진의 내습이라는 카드를 꺼낸 거야."

"조센진? 조센진을 이용한다고?"

"이 멍청아, 지금까지 뭘 들은 거야? 조센진이 일본 곳곳에서 폭탄을 던지고 불을 지르고 도둑질한다는 소문을 퍼뜨리라고 했잖아. 조센진을 잡으면 바로 죽여도 좋다고 허락했고."

"그래, 그랬지. 근데 그게 소문이라고? 뭐야, 그럼 그게 거짓말이야? 조센진이 진짜 폭탄을 갖고 있는 게 아니었어?"

"야, 너 그런 조센진 본 적 있냐? 있어?"

"아니, 내 눈으로 본 적은 없지만 실제로 있으니까 그렇게 말하는 거겠지. 설마 위에서 근거도 없는 그런 거짓말을 우리한테 하겠어?"

키다리 군인이 믿지 못하겠다는 듯 키 작은 군인에게 물었다.

"우리가 모를 정도면 그건 실제로 없는 거야."

"그럼 국민들의 불만을 다른 데로 돌리려고 그러는 거야? 조센진한테 죄를 뒤집어씌워서?"

키다리 군인이 고개를 갸웃하며 물었다.

"이제야 말귀를 알아듣네. 야, 조센진이 나라가 있냐 힘이 있냐? 나라 없는 식민지 놈들인데, 좀 죽이고 그런다고 어디 항의가 들어올 곳이 있기를 하냐, 그 인간들이 힘이 있어서 우리를 공격하기를 하겠냐? 한마디로 만만한 놈 잡아다가 누명을 씌워서 정부 대신 두들겨 맞게 하는 거지. 거참, 우치다 외상 머리가 참 잘 돌아간단 말이야."

"그게 정말이야? 그럼 잘못된 거잖아."

"알게 뭐야! 우리가 죽는 것도 아닌데. 조센진은 원래 재수가 없었어. 식민지인이면 식민지인답게 말을 잘 들었어야지. 맨날 독립운동한다고 겁대가리 없이 총독부에 폭탄을 던지지를 않나, 삼일 운동 같은 시위를 벌이지를 않나. 그러니 우리 정부가 이번 기회에 본때를 보여 주는 거지. 이 땅을 깨끗하게 하는 일이기도 하니, 정부로서는 일거양득인 셈이야."

"그래도 그건 좀⋯⋯. 혹시 네가 뭘 잘못 알고 있는 거 아니냐? 그럴 리가 없어. 만약 네 말이 맞는다면 우치다 외상은 머리가 좋은 게 아니라 술수를 잘 쓰는 거잖아. 이건 국민을 속이는 짓이라고."

"정치라는 게 원래 그래. 그럴싸한 거짓말로 국민들 비위를 맞추는 거지. 그러는 놈들이 성공하는 거야. 우리야 위에서 시키는 대로 하면 되는 거고. 자, 이제 그만 가 보자. 우리도 조센진 청소에 도움이 돼야 하지 않겠냐? 이 기회에 그동안 갈고 닦은 총검술 솜씨를 활용해서 훈장도 받아 보자고."

키 작은 군인이 담배꽁초를 아무렇게나 던지면서 말했다. 키 큰 군인은 고개를 갸웃거리며 키 작은 군인을 따라갔다.

나는 두 사람의 얘기를 듣고 한 발짝도 움직일 수 없었다.

세상에, 어른 세계에도 다무라 같은 놈이 있다니! 그 우치다 외상이라는 놈도 분명 다무라처럼 머리가 텅 빈 비열한 인간일 것이라는 생각이 들었다.

바지를 올리려는데 손가락이 가랑잎처럼 바르르 떨려서 제대로 올리지를 못했다. 나는 두 군인이 사라진 것을 확인하고 나서야 겨우 자리를 뜰 수 있었다.

화살의
방향이
바뀌다

곧장 어머니에게 달려갔다. 그리고 여전히 떨리는 목소리로 물었다.

"어머니, 아버지는 아직 안 오셨어요?"

"응, 아직 안 오셨다. 그런데 원아, 몸을 왜 그렇게 떠니? 추워?"

어머니가 걱정스런 눈빛으로 물었다.

"아니요."

그때 사이렌이 요란스럽게 울렸다. 그러고는 안내 방송이 시작되었다.

"뭣이여? 이 소리가 뭔 소리다냐?"

"문디야, 밥 줄라나 보지. 그럼 줄이나 서 볼까?"

군산 아저씨의 물음에 진주 아저씨가 벌떡 일어나며 말했다.

"아저씨, 아닌 것 같아요. 잠깐만요. 잠깐만 앉아 계세요."

내가 진주 아저씨 손을 잡아당기며 말했다.

"아따, 우리 원이 신중한 것 보소. 긍께, 지금 보니께 여기서 니가 젤로 일본어를 잘하고 잘 알아듣겠고만. 우리는 먹통이여, 먹통. 빠가야로지, 히히히."

군산 아저씨가 자기 머리를 가리키며 말했다.

다시 한번 공원 전체에 사이렌이 울렸다.

"지금 이 시각부터 계엄령을 선포한다. 다시 한번 알린다. 계엄령을 선포한다. 계엄령을 선포한다!"

자동차와 확성기를 이용한 안내 방송이 계속 흘러나왔다.

진주 아저씨가 초조해하며 내게 물었다.

"원아, 뭐라고 씨불여 쌌냐?"

나는 한참 뜸을 들이다 침을 꿀꺽 삼키며 대답했다.

"그러니까 그게…… 계엄령을 내린대요."

"계엄령이 뭐여? 밥을 준다는 말인 거제? 기여, 아니여?"

군산 아저씨가 나를 바라보며 물었다.

"밥 준다는 소리가 아닌 건 확실해요."

내 말에 진주 아저씨가 배를 쓸며 말했다.

"에라, 이 문디 자슥들! 물이라도 좀 갖다주든가. 이러다 굶어 죽겠네."

옆에서 근심스러운 얼굴을 하고 있던 어머니가 내 손을 흔들며 물었다.

"원아, 진짜 계엄령이라고 했어? 지금 방송에서 계엄령이라는 말이 나왔느냐고."

"네, 확실히 계엄령이라고 했어요."

내가 다시 확인해 줬다.

"아무래도 일이 이상하게 흘러가는 것 같아요. 계엄령이라니요? 지진이 났는데 무슨 계엄령을 내린다는 건지. 계엄령은 전쟁이나 내란처럼 비상사태 때나 선포하는 거예요. 지진 같은 자연재해에 계엄령을 내리는 나라는 없어요."

어머니는 불안한 기색을 드러내며 두 아저씨에게 말했다.

그때 방송 내용 가운데 내 귀에 쏙 들어오는 말이 있었다.

'조선인의 내습?'

나는 얼음이 되어 그 말을 차마 입 밖으로 꺼내지도 못했다.

"그러니까 지금 일본에 지진 말고도 뭣이냐 전쟁, 전쟁이 난 거여?"

군산 아저씨가 내게 다급하게 물었다.

"누가 쳐들어왔는데? 중국이가?"

연거푸 진주 아저씨도 내게 물었다.

나는 얼이 빠진 상태로 중얼거렸다.

"아뇨, 조선인의 내습이래요."

내 말을 들은 두 아저씨가 동시에 소리를 질렀다.

"조선인의 내습?"

군산 아저씨가 어처구니없다는 표정으로 소리를 질렀다.

"이게 무슨 귀신 씻나락 까먹는 소리여? 조선인의 내습이라면 조선인이 쳐들어왔다는 말인데……. 나라 잃은 우리나라에 군인이 워디 있다고?"

"문디야, 제발 입 좀 다물어라. 이러다 여기서 우리 모두 살아서 몬 간다."

진주 아저씨가 주위 눈치를 살피며 낮은 목소리로 으르렁거리듯 말했다. 안내 방송이 나온 뒤 주변 일본인들의 눈빛이 달라졌기 때문이다.

정부에 욕을 퍼붓던 사람들이 불안하고 놀란 눈으로 조선인을 향한 두려움을 드러냈다.

"조센진이 우리를 공격한대!"

"폭탄을 갖고 있대!"

"우물에 독을 풀고 있대!"

구호물자를 달라고 외치던 일본인들의 입에서 어느 순간 조선인의 폭행, 약탈, 방화, 폭탄 투척, 집단 습격, 독극물이라는 무시무시한 낱말들이 튀어나왔다. 가뜩이나 지진으로 겁먹고 있던 아이들은 그런 말에 더 큰 소리로 울음을 터뜨렸다.

한편에서는 조선인에 대한 두려움을 쏟아 냈다.

"내가 그놈들을 알아요! 조센진들이 시위할 때 얼마나 거칠게 몸싸움을 하는지, 순사들마저 겁먹을 정도였다니까요. 내 눈으로 똑똑히 봤어요. 그놈들은 그러고도 남을 놈들이에요. 거칠고, 사납고, 순종할 줄을 몰라요."

"우리가 그토록 우려하던 일이 일어났을 뿐이에요. 그놈들을 가만두었다간 우리가 전부 죽을지도 몰라요!"

겁에 질린 목소리 뒤로 분노에 찬 목소리도 들려왔다.

"불한당 같은 놈들! 야비한 놈들! 이런 시국에 침입하다니!"

"이런 나쁜 놈들! 내 손에 걸리기만 해 봐라. 아주 요절을 낼 테니까!"

"이렇게 앉아서 당하느니 일어나서 그놈들과 싸워야죠."

그러자 얼굴이 붉으락푸르락해진 사람들이 분노의 소리를 내지르기 시작했다.

"싸우자!"

"조센진을 무찌르자!"

"조센진을 죽이자!"

"조센진을 죽여라!"

일본인들은 거대한 양 떼처럼 움직였다. 한 마리가 뛰자 수없이 많은 양 떼가 덩달아 따라 뛰는 꼴이었다. 왜 뛰는지도 모르고 말이다.

차라리 알아들을 수 없다면 좋았을 텐데……. 유일하게 일본어를 알아들을 수 있었던 나는 겁에 질려 어머니의 품속을 아기처럼 파고들었다. 그러는 나를 어머니가 꼭 안아 주었다.

어떻게 이럴 수 있을까? 힘없는 우리가, 언제나 구박을 받고 차별받던 우리가 어떻게 하루아침에 폭탄을 쥔 테러리스트로, 우물에 독을 뿌리는 무시무시한 가해자로 변한 것일까?

이제 일본인들은 자기들이 피해자인 양 행동하고 있었다. 정말로 우리는 아무것도 한 게 없는데 말이다.

"내 말 단디 들으소. 천천히, 아주 천천히 여길 빠져나갈 거라예. 원아, 아재 말 잘 알아들었제?"

분위기를 파악한 진주 아저씨가 의연한 목소리로 말했다.

"맞아라, 급하게 걸으면 절대로 안 된당께. 그러면 우리가 조

선인이라는 게 바로 티가 나 부러."

군산 아저씨도 진지하게 말했다.

나는 가슴이 콩닥거리고 다리가 후들거려서 용기가 나지 않았다.

'아, 아버지가 옆에 계시면 이렇게 떨리지 않을 텐데…….'

어찌 된 영문인지 아버지와 동혁이 형은 돌아오지를 않았다.

그러나 우리에게 더는 지체할 시간이 없었다. 우리는 살기 위해 공원을 빠져나왔다. 하지만 어디로 가야 할지 아는 사람은 아무도 없었다.

어쩔 수 없는 선택

갈 곳을 잃은 우리는 원점으로 돌아가듯 또다시 우리 동네로 들어갔다. 마침 집을 수리하려고 돌아온 사람들이 여럿 있었다. 진주 아저씨와 군산 아저씨가 동네 사람들을 한데 모아 놓고 공원에서 보고 들은 이야기를 번갈아 가며 들려줬다.

"지금 이런 상황이여. 얼른 판단을 내리지 않으면 바로 황천 길로 가는 거여. 후딱 묘책을 내놔 보라고. 시간이 없당께."

군산 아저씨가 재촉하며 말했다.

"우리가 갈 데가 워딨어유? 큰일이구만, 워쩐대유?"

"어디 동굴 같은 데는 없을까요?"

"두더지처럼 땅 파고 들어앉을 수도 없고, 정말 미치겠네!"

동네 사람들도 뾰족한 수가 없어 발만 동동 굴렀다.

마음이 급해진 군산 아저씨가 가슴을 쳤다.

"워메, 워메, 진짜 어쩔라고 이리 생각을 못하는 겨! 시방 우리 목숨이 경각에 달렸으니 머리에서 방울 소리가 나도록 마구 굴려 보랑께. 워메, 엄니! 내가 이국땅에서 맞아 죽기 전에 애가 타 죽겠소."

그때 진주 아저씨가 나섰다.

"옛말에 등잔 밑이 어둡다꼬, 우리가 먼저 경찰서로 가서 우리를 가두는 기라요. 우리가 요래 모여 있다가는 경찰이나 군인한테 죽는 게 아니라 그냥 일본 사람들한테 두들겨 맞아 죽을 판 아입니꺼. 지금 저 사람들 제정신이 아입니더. 지진이 나서 잔뜩 겁에 질려 있는데, 거기에 대고 조선인이 쳐들어왔다꼬 일본 정부 놈들이 기름을 부어 놨으니 우리가 살 수 있는 확률이 확 줄어들었다 아입니꺼? 그러니 우리가 집단으로 다가가 경찰서장한테 우리를 살려 달라고 부탁하는 기라요. 내 방법 어떻습니꺼? 설마 경찰서에까지 쫓아와서 우리를 죽이지는 못할 것 아입니꺼?"

진주 아저씨 말에 다들 서로의 얼굴만 멀뚱히 바라보았다.

어떤 사람은 "좋은 방법 같기도 하고……."라고 했고 또 어떤 사람은 "방법이 좀 거시기하지 않나?"라며 의문을 표시했다.

"뭣이라, 좋은 방법? 우리 발로 순사들이 득실거리는 경찰서로 들어가자고라? 워메, 엄니! 우리가 이제 일본 순사들한테 죽게 생겼소. 고것이 무슨 방책이요? 자살행위지라."

군산 아저씨가 방방 뛰며 소리쳤다.

그때 선술집 중국인 아저씨가 달려와 서툰 조선말과 일본어를 섞어 가며 소리쳤다.

"니혼진, 니혼진! 몰려온다! 달려온다! 마니마니!"

쭈그리고 앉아 있던 군산 아저씨가 놀란 개구리처럼 팔딱 뛰어오르며 소리쳤다.

"오메, 오메, 징허게 빠른 놈들. 후딱 경찰서로 튀어!"

생각이라는 것을 할 겨를이 없었다. 단 하나 나온 방책대로 할 수밖에 없는 상황이었다.

나는 어머니 손을 잡고 앞서 뛰었다. 어머니는 내 손에 의지한 채 달렸다.

얼마 못 가서 다리가 풀린 어머니는 몇 번이나 고꾸라져 넘어졌고, 다른 사람들이 곧 우리를 앞질렀다.

군산 아저씨가 제일 먼저 도착해 경찰서로 뛰어들면서 소리쳤다.

"살려 주쇼, 우리 좀 살려 주쇼이잉."

일본인 경찰은 전혀 알아듣지 못했다. 군산 아저씨가 조선말로 했기 때문이다.

나는 헐떡거리며 달려가 아저씨의 말을 통역해 주었다. 사정을 들은 경찰서장은 열 명이 넘는 우리를 유치장에 가두었다.

"오메, 오메, 심장이 아직도 벌렁거리네. 나 살아 있는 거 맞제?"

군산 아저씨가 가슴을 쓸어내리며 말했다.

"겁쟁이 자슥, 아주 그냥 날더만 날어. 달리기 선수도 니보다 더 잘 뛰진 못할 끼라. 그나저나 형수님, 몸은 괜찮습니꺼?"

진주 아저씨가 어머니에게 물었다.

"네, 저는 괜찮아요. 그런데 이제 우리는 어떻게 될까요?"

어머니가 묻자 진주 아저씨가 자신만만하게 답했다.

"까놓고 얘기해서 우리가 무슨 죄를 지은 것도 아이고 손에 위험한 무기를 든 것도 아니라예. 그걸 지들도 눈으로 똑똑히 안 봤습니꺼. 저놈들도 사람인데 우리를 사지로 몰고 가지는 못할 꺼라예."

동네 사람들은 아직도 숨을 헐떡이면서 괜찮은 선택을 했다고 다들 안심하는 눈치였다.

그때 경찰서 밖에서 큰 소리가 들렸다.

"조센진을 우리에게 돌려 달라!"

"경찰서장은 들어라! 조센진을 보호하면 당신도 죄인이다!"

"문을 열어라! 문을 열어라!"

흥분한 일본인들이 경찰서에 떼로 몰려와 우리를 내놓으라고 소리쳤다.

경찰과 일본 민간인들 사이에 실랑이가 이어졌다.

"주민 여러분, 조센진은 우리가 알아서 법대로 처리할 테니 여러분은 진정하고 돌아가 주십시오."

경찰서장이 설득했지만 일본인들은 물러나지 않고 경찰서 문이 부서져라 두드리며 소리쳤다.

"우리에게 넘겨라! 우리가 처단할 것이다."

"지금은 우리가 법이다! 우리에게 넘기지 않으면 경찰서장 당신의 목도 딸 것이다!"

문은 금방이라도 부서질 것 같았다.

상황이 심각했다.

"이게 뭔 일이여? 여기까지 쫓아와서 우릴 죽이려고 저러는 거여?"

"어떡해요. 이제 우리는 어쩌면 좋죠?"

유치장 안의 동네 사람들은 우리에 갇힌 동물처럼 안절부절

못했다. 어머니 얼굴은 백지장처럼 하얗게 질려 있었다. 어머니는 손을 바들바들 떨며 나를 힘껏 안았다. 어머니의 불안한 마음이 느껴져 나는 몸을 더욱 웅크렸다.

진주 아저씨가 일어나서 소리쳤다.

"이렇게 앉아서 당할 수는 없는 기라. 우리가 할 수 있는 데까지 해 봅시데이."

그러고는 아저씨는 알 수 없는 행동을 했다. 유치장 벽을 두드려 보고 천장을 유심히 살펴보았다.

진주 아저씨가 하는 행동을 보고 다들 무슨 눈치를 챘는지, 아저씨들이 모두 일어나 진주 아저씨와 똑같이 벽을 만져 보고 천장을 살폈다.

벽은 단단했다.

천장은 높았다.

진주 아저씨가 이번엔 유치장 창문 창살을 흔들었다.

"여깁니더."

진주 아저씨 말에 조선인 아저씨들이 모두 창살을 흔들어 대기 시작했다.

나는 영문을 몰라 아저씨들을 멍하니 바라보기만 했다. 창살 하나가 쑥 빠졌다. 다시 또 하나가 빠졌다. 하지만 창문이 너무

작았다.

　유치장 밖의 상황은 더 심각해졌다. 일본인들의 엄청난 고함 소리와 함께 경찰서 문이 막 열리려고 했다.

　그때 마지막 창살이 뽑혔고, 아저씨들이 주먹으로 창문을 박살 냈다. 군산 아저씨가 윗옷을 벗어서 창살에 낀 유리 위를 덮었다.

　"원아, 너만이라도 나가라잉. 꼭 살아야 한다잉!"

　"원아, 서둘러! 어서!"

모두 내 몸을 들어 올렸다.

"싫어요! 어머니를 두고 갈 수는 없어요. 어머니, 어머니!"

나는 발버둥 치며 울부짖었다.

"원아, 제발 너 먼저 나가 있어라. 시간이 없다. 엄마는 곧 따라갈 거야. 잠시만 숨어 있어. 제발!"

어머니가 더 재촉했다.

내 몸은 벌써 반쯤 창문을 빠져나가고 있었다. 잠시 후 나는 쿵 하고 바닥으로 떨어졌다. 그와 동시에 "와아!" 하는 함성이 들리고, 뒤이어 사람들의 비명 소리가 들렸다.

나는 귀신이 쫓아오기라도 하는 것처럼 정신없이 달렸다. 어디로 가는지도 모르고 무작정 달렸다.

등 뒤에서 호루라기 소리가 요란하게 울리고 또 울렸다. 나를 쫓는 소리인지 성난 군중을 경찰이 막는 소리인지 분간할 수 없었다.

나는 흙길을 달리고 좁은 골목을 요리조리 빠져나갔다. 가파른 돌계단을 오르기도 하고 자갈길을 달리기도 했다. 발바닥이 따끔거리고 발목이 부러질 것 같았지만 멈추지 않았다.

얼마나 내달렸을까. 호루라기 소리도 사람들의 외침도 어느덧 아득해졌다.

나는 그제야 주저앉았다.

숨이 턱까지 차서 아무 생각도 들지 않았다. 어떤 말도, 심지어 울음조차 나오지 않았다.

학살의
시작

여기는 어디일까?

나는 어디까지 와 버린 걸까?

다 시든 옥수수밭 끄트머리에 앉아 주변을 두리번거리며 생각했다. 하지만 움직일 수 없었다. 어디서 성난 일본인이 불쑥 나타나 나를 잡아갈 것 같았기 때문이다.

나는 밤이 될 때까지 꼼짝도 하지 않았다. 어둠이 내린 뒤에야 길로 나왔고, 잔뜩 겁에 질린 채 사방을 두리번거리며 조심스럽게 걸었다. 온 신경이 곤두서서 작은 벌레 소리에도 움찔거렸다. 무슨 소리만 들리면 길가로 달려갔다. 길을 가면서도 누가 쫓아올까 봐 계속 뒤돌아보며 걸었다.

언덕길이 나왔다. 가파른 언덕을 타고 내려가자 어둠 속 어딘가에서 물 흐르는 소리가 들려왔다. 귀에 익은 소리였다.

'아라카와강!'

멀리 돌아왔다고 생각했는데 친구들과 낚시하러 왔던 강 근처인 것 같았다. 물론 마을에서 제법 떨어진 곳이지만, 그래도 익숙한 장소라 생각하니 한편으론 마음이 놓였다. 생각해 보니 종일토록 물 한 모금 입에 대지 못했다.

강 쪽으로 조심조심 다가갔다. 강 가장자리는 물이 깊지 않았다. 두 손으로 물을 떴다. 그런데 뭔가 끔찍한 냄새가 훅 풍겼다. 가끔 코피가 목 뒤로 넘어갈 때 맡았던 그런 냄새였다. 그렇다. 이건 피 냄새다. 고개를 들어 강을 살폈다. 강물 위로 시신들이 떠내려가고 있었다.

나는 헉 소리조차 내지 못하고 허겁지겁 강둑으로 기어올랐다. 강 상류에서 무슨 일이 벌어지고 있는 게 분명했다. 잠시 움직이지 않고 귀를 기울였다. 멀리 어딘가에서 개 짖는 소리가 들렸다. 물소리에 묻혀 잘 들리지는 않았지만 웅성거리는 소리도 들리는 것 같았다. 살금살금 상류 쪽으로 기어가서 살짝 고개를 들었다.

강 여기저기가 빛으로 반짝였다. 달빛이 아니었다. 횃불이었다. 횃불이 하도 많아서 그 주변이 대낮처럼 환했다.

그리고 횃불 아래 사람들이 보였다. 조선인들이 굴비 엮이듯 줄줄이 묶여서 끌려가고 있었다.

순간, 어머니와 우리 동네 아저씨들이 떠올랐다.

머리카락이 쭈뼛 섰다.

'안 돼, 절대로 안 돼!'

사람들 얼굴을 자세히 보려고 조금 더 위로 기어서 올라갔다. 우리 동네 아저씨들은 아니었다. 어머니도 없었다.

대신 낯익은 일본인들이 꽤 있었다. 어떤 사람들은 "자경단"이라고 적힌 완장을 팔뚝에 둘렀다.

그중 한 명이 조선인을 땅바닥에 엎드리게 했다.

"손 뒤로 해!"

일본인이 무섭게 소리를 질렀다.

"손 뒤로 하라고! 말귀를 못 알아먹나, 조센진!"

곧 뺨을 때리는 소리가 났다.

성에 차지 않았는지 이번엔 발로 배를 걷어찼다. "악!" 하는 비명이 들렸다.

낯익은 그 일본인은 조선인의 손을 밧줄로 묶고 발목도 묶었다. 밧줄에 묶인 조선인은 꼼짝도 하지 못했다.

같이 잡힌 조선인들의 울음소리가 들렸다. 큰 소리로 울지도 못하고, 울음을 억지로 참아 흐느끼는 소리만 났다.

밤이 깊어 갈수록 횃불은 더 많아졌다.

총과 죽창 그리고 일본도를 든 사람들의 얼굴이 불빛에 어른 거렸다. 나는 위험을 무릅쓰고 더 위로 자꾸 기어올라 갔다.

드디어 횃불 아래로 사람들 얼굴이 하나둘 선명하게 보였다. 살인자의 얼굴이.

아, 이제 알겠다. 저 사람들은 아랫동네에 사는 일본인들이었다. 밧줄로 조선인을 묶은 사람은 채소 가게 주인 야마구치 아저씨였다. 죽창을 든 저 아저씨는 우동 가게 주인이고, 저기 대검을 장난감처럼 휘두르는 아저씨는 생선 가게 주인이다. 그 사람들 말고도 마을 남자들은 대부분 다 나온 것 같았다.

야마구치 아저씨가 어떤 아주머니를 끌어냈다. 그러자 같이 묶여 있던 조선인들도 함께 딸려 나왔다. 야마구치 아저씨가 죽창으로 아주머니의 옆구리를 푹 찔렀다. 아주머니가 비명을 지르자, 그 소리에 자경단 남자들이 웃음을 터뜨렸다. 그들은 그 상황을 즐기는 것처럼 보였다.

"아프대. 아프다고 소리 지르는 거 봐. 너도 한번 해 봐."

야마구치 아저씨가 키득거리면서 몸집이 크고 눈이 부리부리한 남자에게 몽둥이를 넘기며 말했다. 몽둥이를 받아 든 그 남자는 망설이는 기색 하나 없이 아주머니의 등을 내리쳤다.

"아악!"

또다시 찢어질 듯한 비명이 들렸다.

비명 소리가 커질 때마다 옆에 있는 자경단 무리 속에서 흥분한 목소리가 터져 나왔다.

"더 세게 쳐야지. 그래서야 어디 죽겠어? 힘 좀 제대로 써봐!"

술을 마셨는지 낄낄대는 소리에 딸꾹질 소리도 함께 들렸다.

"개도 못 잡아 봤어? 개 패듯이 패야지! 그래, 손아귀에 힘을 더 줘서."

그러자 몽둥이를 든 남자는 머리칼이 땀에 젖어 번들거릴 때까지 쉬지 않고 내리쳤다. 어느덧 비명 소리가 더는 들리지 않았다. 땅바닥이 피로 흥건하게 젖어 있었다.

굵은 밧줄에 목이 묶여서 개처럼 끌려오던 조선인 아저씨가 그 모습을 보고 자경단을 향해 달려들며 소리쳤다.

"이 나쁜 놈들, 너희가 사람이냐? 사람이냐고? 우리가 뭘 잘못했어? 우리는 아무 짓도 하지 않았어. 아무 짓도 하지 않았다고!"

깜짝 놀란 자경단 무리가 한꺼번에 그 아저씨에게 몰려가 몽둥이가 부러질 때까지 매질을 했다. 그다음에는 무자비한 주먹질과 발길질이 이어졌다. 아저씨의 몸은 곧 피투성이가 되었고, 눈이 부어올라서 뜨지도 못했다. 아저씨는 몸을 고슴도치처럼 웅크리고 매질을 견디고 있었다. 그러나 더는 버티지 못했다. 군화를 신은 일본인이 아저씨의 머리를 발로 마구 찼기 때문이다. 마치 축구공을 차듯이.

아저씨의 검은 머리카락이 핏빛으로 변했다.

광기에 사로잡힌 일본인들은 눈을 번득이며 소리쳤다.

"어디 한번 덤벼 봐라, 이 빌어먹을 조센진들아!"

어떤 일본인은 잡힌 조선인들을 향해 칼을 꺼내 들고 함부로 내리쳤다.

"이 새끼들 때문에 지진이 났고, 이 새끼들 때문에 내가 일을 잃었고, 이 새끼들 때문에 되는 일이 하나도 없었어. 재수 없는 새끼들! 죽어, 죽으란 말이야!"

"살려 주세요! 제발 살려 주세요!"

임신한 아주머니가 칼을 든 일본인의 발치에 매달리며 애원했다.

하지만 그는 아무런 망설임 없이 칼을 높이 들어 내리쳤다. 아주머니는 아무 소리도 내지 못하고 그 자리에 쓰러졌다.

한쪽에서는 자경단 무리가 멀쩡히 살아 있는 조선인들에게 기름을 퍼붓고 불을 질렀다.

"아, 아, 아악!"

나도 모르게 입에서 비명이 터져 나왔다.

어떻게, 어떻게 인간이 이다지도 잔인할 수 있을까!

내 가슴에는 감당할 수 없는 분노와 증오가 피어올랐다. 어떤 생각도 할 수 없었다. 나는 앞으로 달려 나가려고 몸을 일으켰다.

바로 그때, 갑자기 뒤에서 누가 내 몸을 낚아채듯 붙잡았다. 엄청난 힘이었다. 내 입을 꽉 틀어막고는 내가 앞으로 뛰어 나가지 못하게 뒤에서 나를 꼭 감싸 안았다.

"제발 가만있어."

낮지만 굵은 목소리가 나를 막아섰다.

귀에 익은 목소리였다.

그래, 이건 동혁이 형 목소리다.

내가 발버둥을 멈추자 형은 천천히 손을 풀었다.

뒤를 돌아보고 동혁이 형이라는 걸 확인한 뒤 와락 형을 껴안았다. 눈물을 멈출 수 없었다. 내 눈에서 눈물이 폭포수처럼 흘러내렸다. 동혁이 형도 울음을 참느라 몸을 떨었다. 울음소리가 새지 않게 이를 악물었지만 그 사이로도 소리가 흘러나왔다. 나는 동혁이 형에게 안겨 한참을 울었다.

내 눈을 믿을 수가 없었다. 우리 곁에서 살던 평범한 아저씨들이 어떻게 저렇게 무자비하고 무서운 사람들로 변했는지. 날마다 손님들을 향해 "어서 옵쇼. 뭘 드릴까요?" 하며 상냥하게 웃어 보이던 채소 가게 아저씨와 시장통에서 하루하루 열심히 물건을 팔던 상인들 그리고 우리 아버지와 함께 품팔이를 하던 아저씨가 모두 하루아침에 딴사람이 되어 있었다.

하룻밤 사이에 무슨 마법에라도 걸린 것일까? 나는 온몸에 소름이 돋았다. 차라리 악몽이었으면 좋겠다고 생각했다. 눈을 감았다 뜨면 사라지는 그런 악몽. 나는 온몸의 힘이 빠지고 토할 것 같아서 그대로 주저앉아 버렸다.

동혁이 형이 내 손을 꼭 잡았다. 그리고 내게 아버지 이야기를 해 주었다. 동혁이 형은 아버지와 함께 공원에서 나오자마자 순사들의 검문을 받는데, 둘이 따로따로 도망치다가 우리 동네에서 다시 만났다고 했다. 그때 동네 사람들이 모두 경찰서로 갔다는 사실을 알고 찾아갔지만 이미 경찰서가 습격당한 뒤였다고 했다. 그래서 동혁이 형과 아버지는 각자 우리를 찾으러 사방팔방 헤매는 중이라고 했다.

형은 나를 보고 안심하며 내 머리를 연신 쓰다듬어 주었다.

"이제 형이랑 같이 가자꾸나."

형이 내 손을 잡고 일으켜 세웠다.

그런데 그 순간 어디서 갑자기 개가 짖었다.

동혁이 형과 나를 발견한 개 한 마리가 우리를 향해 죽어라 달려왔다. 그 개가 뛰니 다른 개들도 함께 날뛰었다. 그러자 자경단 사람들이 개들의 움직임에 주목하게 되었다. 마침내 그들 중 몇몇이 개를 따라 달려왔다.

우리가 너무 마음이 풀어져 있었다.

동혁이 형이 나를 바로 세우고는 엄청 빠르게 말을 쏟아 냈다.

　"원아, 아래쪽으로 50미터쯤 가면 강기슭에 숨겨 놓은 자전거가 있어. 그 자전거를 타고 달아나. 나는 위쪽으로 갈게."

　"형, 같이 가요."

　"안 돼! 같이 갔다가는 둘 다 잡힐 수 있어. 그리고 이건 네 아버지가 혹시 널 만나면 전해 주라고 하신 거야. 우리 거기서 만나자."

　형은 내 손에 쪽지를 건네주자마자 바로 상류 쪽으로 미친 듯이 달아났다.

나도 정신을 차리고 아래쪽으로 달려 내려갔다.

50미터라고 했다.

10미터,

20미터,

30미터,

40미터,

50미터!

숨이 턱까지 차올랐다.

강기슭으로 내려가니 정말 자전거가 있었다.

나는 온 힘을 다해 자전거를 끌어 올렸다.

그때 개들은 강둑으로 올라오고 있었다. 그런데 강둑 위로 올라온 개들이 어느 쪽으로 가야 할지 방향을 잡지 못하고 잠시 우왕좌왕했다. 그러다 곧 양쪽으로 갈라졌다. 한 무리는 동혁이 형을 향해 달렸고 다른 한 무리는 나를 향해 달려왔다.

나는 자전거 페달을 밟았다. 개들이 절대 쫓아올 수 없게 힘껏, 아주 힘껏 밟았다.

왜,
왜 또
우리야!

숨을 곳이 필요했다.

어디로 달아나야 하나?

한밤중이라 너무 어두워 길 위의 돌멩이조차 확인할 수 없었다. 돌멩이가 튀어 내 발을 쳤지만 아프지도 않았다. 심장이 쿵쾅거려 가슴이 터질 것만 같았다.

'생각해, 생각해, 생각해 내란 말이야!'

나는 달리면서 생각했다.

그리고 한 군데를 떠올렸다. 하루에도 몇 번씩 가는 곳이었기 때문이다.

'그래, 거기! 거기라면 괜찮을 거야!'

방향을 잡자마자 더 맹렬하게 자전거 페달을 밟았다. 내가 향한 곳은 우리의 아지트였다.

먼저 우거진 잡초 더미 속에 자전거를 숨겨 두었다. 그리고 터질 듯한 가슴으로 거칠게 숨을 몰아쉬면서 건물 안으로 들어가는 입구를 찾았다. 건물 근처에는 불빛이 전혀 없어서 몹시 깜깜했다. 우리가 늘 놀던 2층으로 올라가려 했지만 계단을 제대로 오르기 힘들 정도로 깜깜했다. 나는 어둠에 익숙해지려고 잠시 계단에 앉아 있었다. 하지만 달빛이 구름에 가려서 정말 아무것도 보이지 않았다. 하는 수 없이 계단을 더듬으며 기다시피 해서 2층으로 올라갔다.

2층 문가에는 탁자 몇 개와 서랍장 하나가 있었다. 서랍장 옆에 자리를 잡고 웅크리고 앉았다.

깨진 창문 사이로 휘익 한 자락 바람이 들어왔다. 두려움에 무릎을 가슴 쪽으로 더욱 가까이 당겼다. 어둠을 보는 것도 무서웠다. 어둠 속에서 조선인을 죽이던 얼굴들이 둥둥 떠다녔다. 무섭고 기괴한 얼굴들이었다. 평소와는 사뭇 다른 섬뜩한 표정이었다. 나는 고개를 세게 흔들었다.

'제발! 제발 사라져 버려!'

그러나 흉악한 얼굴들은 쉽게 사라지지 않았다. 두려움이 내 가슴을 더욱 옥죄었다. 손으로 바닥을 더듬거렸다. 분명 여기 어디쯤에 류스케와 장난삼아 칼처럼 휘두르던 나뭇가지가 있을 것이다.

'아, 찾았다.'

나는 기다란 나뭇가지를 손에 꼭 움켜쥐었다. 나를 지켜 줄 보검이라도 되는 것처럼.

얼마나 시간이 흘렀을까. 어디서 발소리가 났다. 분명 사람의 발소리였다.

딱, 딱, 하는 소리도 났다.

딱딱한 나무를 땅에 콕콕 박는 소리처럼 들렸다.

'죽창!'

'자경단원!'

내 머릿속에 두 낱말이 동시에 떠올랐다.

머리카락이 쭈뼛 서는 것 같았다. 떨리는 손으로 나뭇가지를 더 꼭 잡고 조심스럽게 일어났다.

곧 계단을 올라오는 소리가 났다. 아주아주 느리게.

심장이 걷잡을 수 없이 쿵쾅거렸다. 이러다 심장 마비로 죽을 것만 같았다.

'집중하자! 집중하자!'

또각또각 소리와 함께 질질 끄는 발소리가 문 앞에서 멈췄다.

손잡이가 돌아갔다. 드디어 끼이익 하고 문이 열렸다.

나는 나뭇가지를 마구 휘두르며 소리쳤다.

"가까이 오지 마! 저리 가!"

"으아아악!"

예상과 달리 어린아이 목소리가 들렸다. 그러고는 바닥으로 쿵 하고 쓰러지는 소리에 이어 커다란 나무토막이 바닥을 치는 소리도 들렸다.

"아스카, 때리지 마! 나야, 나. 류스케!"

어둠 속에서 류스케의 목소리가 들렸다.

"맙소사, 류스케!"

쓰러진 류스케를 일으키기 위해 나뭇가지를 내던지고 다시 한번 어둠 속에서 바닥을 더듬거렸다. 그때 마침 달이 구름을 벗어난 덕분에 류스케의 얼굴을 잘 알아볼 수 있었다.

"류스케, 어떻게 된 일이야? 왜 이런 시간에 여기 온 거야?"

류스케를 일으켜 세우며 물었다.

"아스카, 살아 있었구나! 다행이다. 정말 다행이야!"

류스케가 나를 안았다. 나도 류스케를 힘껏 안았다.

비쩍 마르고 왜소한 류스케의 몸이 내 품에 쏙 들어왔다.

"조선인 학살 소식을 들었어. 네가 너무 걱정돼서 온종일 아무엇도 하지 못했어. 그러다 네가 여기에 다녀갈 것 같다는 생각이 들더라. 도망갈 장소로는 여기가 안성맞춤이니까. 그래서 먹을 걸 갖다줘야겠다고 마음먹었어. 부모님 몰래 나오느라 이제야 온 거야. 게다가 환할 때도 걷기 힘든데 어두운 길을 걸으려니 마치 엄청난 모험을 떠난 것처럼 힘들었어. 여기 오는 데 10억 년은 걸린 느낌이야."

류스케가 웃으며 너스레를 떨었다. 달빛에 류스케의 상처투성이 발이 보였다. 류스케의 발과 다리에는 풀과 나뭇가지에 긁힌 자국이 채찍처럼 그려져 있었다. 피도 조금씩 흘렀다.

'아, 류스케!'

나는 류스케의 발을 어루만져 주었다. 그리고 입술을 오므려 "호오!" 하고 불어 주었다.

"뭐 하는 거야, 아스카! 간지러워."

류스케가 웃다가 내게 큼직한 종이봉투를 내밀었다. 그 속에는 꼭꼭 눌러 만든 주먹밥 여러 개가 들어 있었다.

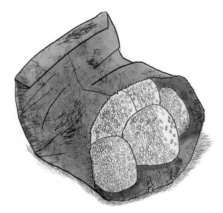

허겁지겁 주먹밥을 먹어 치웠다. 하도 배가 고파서 연달아 세 개나 먹었다. 그러다 갑자기 울음이 터져 나왔다. 배가 너무 고파 입으로는 주먹밥을 씹으면서 눈물을 흘리며 울었다. 서러움이 복받쳐 올랐기 때문이다.

류스케가 내 어깨를 가만히 잡아 주었다.

"류스케, 너무 억울해. 억울해서 미칠 것 같아. 아무도 우리 말을 들으려고 하지 않아. 모든 게 우리 탓이래. 지진조차도. 우린 아무 짓도 하지 않았는데. 우리를 해충 같은 존재로 보고 있어. 그래서 눈에 보이는 족족 죽여 대고 있어."

류스케가 내 곁에 딱 붙어서 내 등을 쓰다듬었다.

"아스카, 난 알아. 그게 거짓말이라는 거 다 알아."

류스케는 나를 안아 주었다.

류스케 품에서 소리 죽여 눈물을 흘리며 생각했다.

'왜, 왜, 항상 우리일까? 힘이 약한 것도 죄일까? 만약 우리가 힘센 민족이었다면 우리를 함부로 대하지 못했을 것이다. 약하니까 괴롭히고, 약하니까 없는 죄도 뒤집어씌우는 일본이란 나라는 다무라랑 같은 수준이다. 덩달아 자신의 모든 불행을 우리 탓으로 넘겨 버리고 모르는 척 조선인을 학살하는 저 사람들은 더 비겁하다.'

그리고 결심했다.

나는 절대 그런 어른으로 살지 않겠다고. 그런 게 어른일 리가 없다고. 아니, 사람일 리가 없다고. 절대로!

한참을 울고 나니 마음이 좀 가라앉았다.

류스케와 함께 달빛이 스며드는 창을 보며 나란히 누웠다. 한참 동안 아무 말도 하지 않고 조용히 달만 쳐다봤다.

"아스카."

류스케가 나지막하게 나를 불렀다.

"응, 류스케."

"너한테 고백할 게 있어."

"고백? 그딴 건 모모코한테나 해. 난 남자라고."

내가 빙긋 웃으며 대꾸했다.

그러나 류스케는 웃지 않았다.

"아스카, 난 말이야, 그러니까 나는, 정확히 말하면 일본 사람이 아니야."

나는 너무 놀라 벌떡 일어나 앉으며 물었다.

"류스케, 그게 무슨 소리야?"

류스케는 눈을 감은 채 그대로 누워 있었다. 달빛에 류스케의 하얀 피부가 더욱 창백해 보였다.

"나는 류큐 왕국 출신이야. 여태까지 아무한테도 말한 적이 없지만……. 지금은 모두 오키나와라고 알고 있는데, 류큐 왕국은 1879년에 망했어. 지금 딱 44년이 됐지. 하지만 아버지와 나는 한 번도 우리가 일본 사람이라고 생각한 적이 없어. 왜냐하면 우리는 언젠가 독립할 거니까. 일본은 우리 왕국을 뺏으면서 우리 말도 빼앗고 우리 문화도 빼앗고 우리의 자존심도 빼앗아 갔어. 그렇지만 우린 다시 일어날 거야. 아버지가 그랬어. 곰은 봄을 맞이하려고 굴속에서 한참을 기다린다고. 조선도 마찬가지잖아. 언젠가 너와 나의 봄이 올 거야. 굴에서 조금만 더 기다리면 말이야. 그런 날이 꼭 올 거야."

나는 류스케의 말이 놀라웠다.

일본 안에도 다른 나라가 있었다는 사실이 놀라웠고, 우리처럼 뺏긴 나라를 되찾고 싶어 한다는 말도 놀라웠다. 류스케가 더욱 가까워진 느낌이었다.

"그런 날이 얼른 와야 할 텐데."

내가 류스케의 손을 잡으며 말하자, 류스케도 고개를 끄덕여 주었다.

"그런데 류스케, 어떻게 사람들이 그렇게 하루아침에 변할 수 있을까? 나는 사람들이 무서워졌어. 평소에 손님에게 웃으면서 90도로 인사하던 예의 바른 사람들이 죄 없는 조선인을 아무렇지도 않게 죽이는 모습을 어떻게 받아들여야 할지 모르겠어. 조금만 살펴보면 거짓말인지 다 알 수 있는 사실을 제대로 알아보려고도 하지 않아. 그 사람들은 자기가 보고 싶은 대로만 보고 믿고 싶은 대로만 믿어 버리는 것 같아."

"나도 속상해, 아스카. 그래도 시간이 지나면 진실이 알려지지 않을까? 그 사람들이 부끄러워하는 날이 꼭 올 거야."

류스케는 말을 마치고 주머니를 뒤적이더니 작은 장난감 같은 조각상 하나를 내밀었다.

"아스카, 이거 받아. 혹시 너한테 도움이 되지 않을까 해서 하나 만들어 봤어."

"이게 뭐야?"

나는 작은 조각상을 내 손바닥에 올려놓으며 물었다.

"시사라고 해. 류큐 왕국을 지키는 수호신이었어. 시사는 정의의 사자야. 불의를 보면 물어뜯어 버려. 사악한 바다의 용도 한 번에 물어뜯어서 죽였대. 너를 괴롭히는 사람이 있으면 이 시사가 커다란 입으로 물어뜯어서 널 지켜 줄 거야."

"고마워, 류스케."

나는 커다란 입을 벌리고 있는, 어떻게 보면 우리나라 해태를

닭은 시사를 한참 바라봤다. 그리고 내 옷 주머니에 시사를 넣고 단추를 잠갔다. 왠지 마음이 든든해졌다.

나는 하품을 했다. 피곤이 한꺼번에 몰려왔다.

아, 새벽이 되기 전에 나가야 하는데⋯⋯. 나가서 다시 숨을 곳을 찾아야 하는데⋯⋯. 이번엔 또 어디로 숨어야 하나.

조선인
판별법

"아스카, 일어나! 동이 텄어. 너무 늦으면 네가 곤란해질지도
몰라."

류스케가 나를 깨웠다. 창문 너머로 희뿌옇게 날이 밝아 오
고 있었다.

나는 어젯밤에 읽지 못한 아버지의 쪽지부터 꺼내 보았다.

쪽지에는 낯선 주소와 함께 약도가 그려져 있었다.

'사이타마현!'

한 번도 가 본 적 없는 마을 이름이다. 쪽지에는 자세한 약도
와 아버지 친구의 이름이 적혀 있었다. 쪽지를 다시 접어 주머
니에 넣었다.

우리는 주먹밥을 하나씩 먹고 나서 나갈 채비를 했다.

"아스카, 나는 걸어가도 되니까 너 먼저 가."

"안 돼, 그럴 순 없어. 너희 부모님도 걱정하실 거고, 여기서 너희 집은 너무 멀어. 이 새벽에 조선인을 잡으려는 사람들은 없을 거야."

류스케는 걱정스런 얼굴로 불안해했다.

"이 동네는 조선인이 많이 살아서 자경단이 자주 순찰할 텐데……."

"걱정 마. 내가 자전거 하나는 끝내주게 타니까. 이 형아를 잘 붙들어."

나는 숨겨 두었던 자전거를 꺼내 류스케를 뒷자리에 앉혔다. 그리고 류스케와 나를 끈으로 묶었다. 류스케가 한쪽 팔과 다리를 제대로 쓰지 못해서 잘못했다가는 떨어질 수도 있기 때문이다. 류스케는 말 잘 듣는 동생처럼 내 허리를 한쪽 손으로 꽉 잡았다.

새벽이라 자전거 페달을 밟을 때마다 풀잎에 맺힌 이슬이 발목을 축축하게 감쌌다. 여전히 복구되지 않은 도로는 파인 곳이 많아 덜컥거렸다. 나는 류스케를 위해 파인 곳을 피하느라 갈지자로 자전거를 몰았다. 길이 좋지 않으면 돌아서 다른 길로 갔다.

그러다 보니 예상보다 시간이 많이 걸렸다. 날이 점점 밝아 동네가 환히 다 보였다. 물론 자경단에게도 내 모습이 다 보일 것이다. 등에서 삐질삐질 땀이 났다.

조금만 더 가면 류스케가 사는 마을이 나오는 곳에서 마지막 모퉁이를 돌 때였다.

"야, 꼬맹이들! 거기 멈춰 봐. 이 새벽에 어린것들이 어디 가는 거지? 혹시 조센진들인가?"

자경단 완장을 차고 머리가 반쯤 벗겨진 중년 남자가 술이 덜 깼는지 혀가 조금 꼬인 소리로 우리를 불러 세웠다. 머리카락은 사방으로 뻗치고 수염에는 음식이 엉겨 붙어 지저분했다. 그러나 몽둥이를 든 손은 억세어 보였고, 몸집은 작아도 다부진 체격이었다.

나는 밝게 웃으며 인사했다.

"안녕하세요, 어르신! 동생과 함께 심부름을 다녀오는 길이에요. 그럼 전 이만……."

"어허, 이놈 봐라? 내가 그렇게 허술한 사람인 줄 아느냐? 이래 봬도 자경단원으로서 통행하는 사람들을 한 명 한 명 조사해야 한다. 나는 내 임무를 소홀히 할 수 없어. 어서 내려! 동생이랑 같이."

나는 최대한 공손히 대답했다.

"어르신, 제 동생이 몸이 좀 불편해요. 그래서 내리기가 힘듭니다."

하지만 남자는 막무가내였다.

"어른이 말하는데 어디서 버르장머리 없이 말대꾸야? 어서 내려!"

우리는 어쩔 수 없이 자전거에서 내려야 했다.

류스케와 나는 겁을 먹었지만 겉으로는 내색하지 않으려고 애썼다. 류스케는 잔뜩 긴장해서 몸이 뻣뻣해 보였다.

"거기 서. 자, 어디 보자. 여기 있었는데……. 그렇지, 여기 있었지."

남자는 자기 바지 주머니에서 인쇄물 한 장을 꺼내 들었다. 눈이 나쁜지 가까이서 봤다가 멀리서 봤다가 하며 인쇄물을 읽어 내려갔다.

"조센진은 내지인과 차이가 없지만 보통 내지인보다 자세가 곧고 허리가 굽거나 새우등이 별로 없다. 음, 너희는 허리가 좀 굽었나? 펴졌나? 잘 모르겠으니까 이건 통과. 음, 얼굴은 비슷하지만 모발이 부드럽고 동시에 숱이 적다. 머리카락은 아래로 자라는 사람들이 많다. 그리고 얼굴에 털이 적고 납작하게 생

105

겼다. 음, 이것도 너희는 어려서 털이 별로 없는 게 당연하니 통과! 에, 또 외모로 구분할 수 없을 때는 라행 라리루레로를 발음하게 한다. 옳거니, 누구부터 해 볼래? 꼬맹이, 네가 먼저 해 보거라."

류스케가 라행을 쉽게 읊자 남자는 또 "통과!"를 외쳤다.

"에, 또……. 그다음은 기미가요를 모르는 조센진이 많으니 기미가요를 부르게 한다. 그렇지! 요번엔 큰놈, 네놈이 불러 보거라."

나는 학교에서 아침마다 부르던 기미가요를 아무도 지나가는 사람이 없는 마을 입구에서 불렀다.

"통과!"

남자는 우리가 자기 명령에 순순히 따르자 재미를 느낀 모양이었다. 얼굴에 흐뭇한 미소가 떠올랐다.

"조센진은 훈도시를 입지 않는다. 그렇지, 그렇지! 자, 제군은 바지를 내려 보게나."

남자는 음흉하게 흐흐흐 웃으며 조용히 명령했다. 훈도시는 일본 남자들이 입는 전통 속옷으로, 앞만 살짝 가리는 민망한 모양새다. 당연히 나는 입지 않았기 때문에 조금 긴장했다.

'바지를 내려야 하나 말아야 하나?'

그때 지금까지 가만히 따라만 하던 류스케가 갑자기 화를 내며 소리쳤다.

"바지를 벗다니요? 우리는 아저씨 명령을 다 따랐고 모두 통과했어요. 그런데 왜 보내 주지 않고 바지까지 내려 보라는 거예요? 아저씨가 먼저 바지를 내려서 일본인이라는 걸 증명해 보이면 우리도 그렇게 할게요!"

류스케의 당돌한 말에 놀란 남자가 얼굴을 붉히며 소리쳤다.

"뭐라고? 아니, 이놈이!"

남자가 호통을 쳤지만, 류스케는 주눅 들지 않고 다시 강하게 밀어붙였다.

"조센진의 기준이 있다면 일본인의 기준도 있겠죠. 일본인의 기준을 확실히 안다면 조센진은 얼마나 쉽게 구별할 수 있겠어요? 안 그런가요? 그런데 대일본 제국 국민의 기준이 겨우 그깟 속옷 하나에 달렸다니, 그게 말이 돼요? 그런 옛날 속옷을 입으면 일본인이고 안 입으면 다 조센진인가요? 이게 무슨 말도 안 되는 기준이에요? 일본인인지 아닌지 아저씨가 먼저 바지를 벗고 증명해 보세요. 그러지 않으면 이제 아저씨 말을 듣지 않을 거예요. 진짜 일본인인지 아닌지 우리가 어떻게 아저씨를 믿어요?"

류스케의 말에 남자는 당황했는지 말을 더듬거렸다.

"내가 이 동네에서 산 세월이 50년이 넘는다. 그리고……."

"조센진 중에도 이 동네에서 50년 넘게 산 사람이 있을 수 있죠."

"흠흠, 아니, 그럴 수도 있나? 나는 일본어를 유창하게 하고, 그리고 나는……."

남자는 당황한 표정을 짓더니 갑자기 자기 가슴을 치면서 말했다.

"나 자체가 일본인이다. 그럼, 그럼!"

그 순간, 류스케는 남자가 들고 있던 종이를 뺏어서 읽기 시작했다.

"조센진은 도요토미 히데요시가 조선을 치러 간 해를 기억하지 못한다. 아저씨는 일본인이니 당연히 아시겠죠? 음, 이런 것도 있네요. 조센진은 그리니치 천문대의 위치를 모른다. 이건 정말 쉬운 판별법이네요. 그렇죠, 아저씨?"

"아, 그렇지, 그렇지! 그러니까 그…… 그라노치?"

남자의 얼굴이 홍당무처럼 빨개졌다.

"그 종이에 그런 내용이 있었어? 그나저나 그게 어디였더라?"

남자가 고개를 갸웃하며 머리를 굴렸다.

"소학교 아이들도 다 아는 것을 아저씨가 모른다면 대일본 제국의 국민이 될 수 없습니다!"

"엉, 그게……"

남자는 갑자기 뒤통수를 벅벅 긁었다.

"조센진은 도요토미 히데요시 사후에 두 명의 장수가 동도와 서도로 나눠 대립했다는 사실을 모를뿐더러, 그 두 명의 장수 이름도 모른다."

"뭐야, 그런 것도 있었어? 에, 또, 그게, 허허허허. 늙으면 기억이 흐려지는 법이란다. 내가 일본인이 아니라서가 아니라."

남자는 몹시 당황하여 어쩔 줄을 몰라 했다.

"아저씨는 일본인 조건에서 탈락입니다!"

류스케가 선생님처럼 나무라는 소리로 말했다.

"아니, 이 녀석이!"

남자의 손이 부들부들 떨렸다.

남자는 류스케의 손에서 종이를 뺏어 가려 했다. 류스케는 종이를 최대한 멀리 던져 버렸다. 남자는 소중한 것을 빼앗긴 사람처럼 종이를 줍느라 정신이 없었다.

나는 얼른 류스케를 뒷자리에 태우고 자전거에 올라탔다. 그리고 페달을 죽도록 밟아 출발했다.

뒤에서 종이를 주워 든 남자가 몹시 화를 내며 소리쳤다.

"이 자식들이 나를 속이다니! 본때를 보여 주마! 이 자식들, 썩 이리 돌아오지 못해! 내가 따끔한 맛을 보여 주마!"

힐끗 뒤를 돌아보니 남자가 죽창을 들고 엄청난 기세로 달려오고 있었다. 술이 덜 깨어 비틀거렸지만 거리가 멀지 않았다.

위험하다.

남자가 온 힘을 다해 죽창을 던지려 하고 있었다. 나는 더욱 힘껏 페달을 밟았다.

잠시 뒤, 죽창이 우리 뒤쪽에 떨어져 구르는 소리가 들렸다.

다행이다.

안전한 곳으로 접어들었을 때 나는 류스케에게 말을 걸었다.

"류스케, 이제 안전해. 그나저나 너, 진짜 대단했어!"

그런데 뒤에서 아무 대꾸가 없었다.

"류스케?"

"아스카, 나…… 죽창을 맞았어."

류스케가 갑자기 고꾸라졌다. 자전거를 세우고 봤더니 류스케의 등 쪽에서 피가 흐르고 있었다.

"류스케, 류스케!"

나는 자전거를 풀숲에 엎어 놓고 류스케를 업었다.

'이제 어떡하지?'

그러다 여기서 가까운 거리에 모모코네 집이 있다는 사실이
떠올랐다.

괴물의
실체

"모모코! 모모코!"

류스케를 잠시 담벼락에 기대어 내려놓고 모모코가 쓰는 2층 다락방을 향해 돌멩이를 던졌다.

마음은 급한데 다락방 창문이 열리지 않았다.

'제발, 모모코!'

돌아서려는 순간 창문이 열렸다.

"아스카!"

까만 머리카락을 찰랑거리며 모모코가 얼굴을 내밀었다.

"모모코, 급해! 빨리 와서 좀 도와줘!"

나는 모모코에게 류스케의 모습을 보여 줬다.

모모코가 놀라 두 손으로 입을 가렸다.

모모코는 재빨리 계단을 내려와 문을 열었다.

나는 류스케를 업고 계단을 올라갔다.

모모코가 자기 방문을 열어 주었다. 나는 모모코의 방에 류스케를 눕히고 셔츠를 벗겼다. 다행히 어깨가 조금 찢어졌을 뿐 상처가 깊지는 않았다. 류스케는 놀라서 기절한 것 같았다. 모모코가 약을 가져오겠다며 아래층으로 내려갔다.

"아스카, 나 괜찮아."

잠시 뒤 류스케가 일어나 앉으며 말했다.

"네 등에서 피가 흘러 깜짝 놀랐어. 그러게 왜 그렇게 심한 장난을 쳤어?"

나는 류스케 곁에 앉으며 물었다.

"그럴 수밖에 없었어."

"그럴 수밖에 없었다니, 왜?"

"그 종이 마지막에 적힌 조선인 판별법이 뭐였는지 알아?"

나는 고개를 저었다.

"15엔 55센을 발음하게 한다. 조선말에는 탁음이 없기 때문에 조센진은 이것을 발음하지 못한다. 이것을 제대로 읽지 못하면 100퍼센트 조센진이다. 그 자리에서 죽여도 좋다."

"아! 그걸 읽으라고 했으면 아마 내가 죽었겠구나. 그걸 피하려고 그랬던 거야? 이야, 류스케! 네가 내 생명의 은인이다."

내가 류스케의 머리를 쓰다듬으며 말했다.

"아니, 그렇지 않아. 나도 그걸 제대로 발음할 수 없어. 류큐 사람들도 그 발음을 못해. 그래서 내가 할 수 있는 재주를 다 부린 거야. 사실 나도 내가 낸 문제의 답을 몰라. 연도도 못 외우고, 장수들 이름도 못 외워. 그냥 머릿속에 생각난 대로 막 지껄인 거야."

류스케가 웃으며 말했다.

나는 류스케의 머리칼을 헝클어뜨리며 장난스럽게 물었다.

"맙소사, 꼬마 류스케가 언제부터 이렇게 용감해졌지?"

류스케가 내 어깨에 팔을 두르며 말했다.

"멋진 친구 아스카가 내 곁에 와 줬을 때부터!"

그러더니 장난 삼아 내 볼에 뽀뽀를 해 댔다.

"그러지 마! 그만해, 류스케!"

그때 모모코가 방문을 열고 들어왔다.

"뭐야, 남자 둘이서!"

우리는 낄낄거리며 웃었다. 모모코도 환하게 웃어 주었다. 이렇게 크게 웃어 보는 게 얼마 만인지 모른다.

모모코는 상처가 난 류스케의 어깨에 약을 바르고 붕대를 감아 주었다.

"모모코, 류스케! 나 이제 정말 떠나야겠어. 밖이 너무 밝아졌어."

모모코의 얼굴이 어두워졌다.

"아스카, 잠깐만 기다려 봐. 도시락 좀 싸 줄게. 그리고 몇 가지 챙겨 줄 게 있어."

모모코가 잠시 자리를 뜨고, 마지막 작별 인사를 할 때가 되었다.

"류스케, 아까 넌 아주 멋졌어. 하지만 자주 그러지는 않았으면 좋겠어. 그건 너무 위험해. 이런 때일수록 조금 둔하고 멍청하게 굴어야 살기 편할 거야. 내 말 알아들어, 류스케?"

"칫, 그건 내가 너한테 해 주고 싶은 말이다. 자, 친구, 이제부터 멍청해지기 연습!"

류스케는 사팔눈을 하며 입을 벌리고 나를 바라봤다.

나도 류스케를 따라 바보 같은 표정을 지었다. 덕분에 다시 웃음이 났다.

"아스카, 사람들이 제정신으로 돌아올 때까지는 정말 조심해야 해. 물론 시간이 지나야겠지만."

"제발 그랬으면 좋겠어."

내가 류스케의 어깨를 토닥이며 대답했다.

그때 모모코가 작은 배낭을 들고 돌아왔다.

"아스카, 여기에 주먹밥을 넣었어. 그리고 이건 물병. 참, 이 것도 필요할 것 같아서 가져왔어. 주머니칼인데, 혹시라도 네가 위험해지면 써."

모모코가 배낭을 내 어깨에 메 주었다.

나는 류스케를 돌아보며 마지막 인사를 건넸다.

"류스케, 너는 조금 더 쉬었다가 천천히 나와. 그 죽창 아저 씨 만나면 넌 죽음이야."

"알겠어, 아스카. 부디 몸조심해!"

류스케가 촉촉해진 목소리로 말했다.

모모코와 함께 다락방을 나온 나는 계단을 내려가기 전에 모모코에게 말했다.

"모모코, 정말 고마워. 이 은혜는 잊지 않을게."

"아스카, 다시 돌아와 준다고 약속해 줘. 그게 어려우면 날 잊지 않겠다고 약속해 줘. 일본 사람들이 다 미워져도 류스케 랑 나는 미워하지 말아 줘. 부탁이야!"

나는 모모코의 그렁그렁한 눈을 바라봤다.

모모코를 처음 만났을 때가 생각났다. 그때도 모모코는 이런 눈으로 나를 바라보았다. 하지만 그때의 눈빛과 지금의 눈빛은 완전히 달랐다. 그땐 겁에 질린 모습이었고, 지금은 눈물을 글썽거리지만 정말 사랑스러운 눈빛이었다.

나는 모모코를 안아 주었다.

모모코도 팔로 내 목을 감싸 안았다.

모모코는 강아지처럼 따뜻했다.

"절대 널 잊지 않을 거야."

나는 모모코의 뺨에 뽀뽀해 주었다.

모모코가 여전히 나를 바라보며 두 손으로 내 뺨을 감쌌다.

"모모코, 이제 정말 가야 해."

모모코는 어쩔 수 없다는 듯 살며시 두 손을 내려놓았다.

'그냥 소풍 가는 길이라면 좋을 텐데.'

이렇게 생각하며 계단을 내려가려고 몸을 돌렸다.

그런데 계단 아래쪽에 몸집이 거대한 어떤 사람이 서 있었다. 낯익은 얼굴이었다. 저 사람을 어디서 봤을까? 어디서?

곧 머리에 전깃불이 켜지듯 하나의 장면이 떠올랐다. 저 사람은 횃불 아래 있던 사람이었다. 굵직한 몽둥이로 조선인을 내리쳤던 사람! 기억과 동시에 나도 모르게 뒷걸음질했다.

"아버지, 제가 전에 말씀드렸죠? 저를 구해 준 친구가 있다고

요. 얘가 바로 아스카예요."

'모모코의 아버지라고?'

나는 순간 몸이 마비될 정도로 놀랐다. 그리고 내가 얼마나 위험한 상황에 맞닥뜨렸는지 깨달았다.

모모코가 내게 다가와 귓속말로 말했다.

"아스카, 겁먹을 필요 없어. 우리 아버지야. 우리 아버지는 좋은 분이야. 그리고 네가 조선인인 줄 모르셔."

"아이고, 네가 바로 아스카구나. 너한테 고마움을 전한다는 게 계속 잊고 있었단다. 잠깐 이리로 오렴. 내가 좀 챙겨 줄 게 있다. 오늘 좋은 돼지 등심이 들어왔거든."

내가 꼼짝도 않자 모모코가 내 손을 잡고 계단 아래로 이끌었다.

나는 도살장으로 끌려가는 소처럼 모모코에게 끌려갔다. 모모코가 이상하다는 눈으로 나를 쳐다봤다.

나는 생생하게 기억났다. 조선인 아주머니를 몽둥이로 사정없이 내려치던 일본인의 모습이.

그런데 그 사람이 지금 내 앞에 있고, 게다가 내가 좋아하는 모모코의 아버지라는 사실이 믿기지 않았다.

"모모코, 귀한 손님이 왔는데 좋은 차라도 대접해 보렴."

"진짜요? 그럼 준비해서 가져올게요. 아스카, 잠깐만 더 있다가 가."

"그래, 그래. 더 놀다가 가도 된다. 네가 우리 딸이 데려온 첫 친구란다. 내가 너무 조신하게 키워서 말이다. 허허허."

모모코의 아버지는 선한 인상이었다. 어젯밤의 무지막지한 행동을 덮을 만큼 웃는 목소리도 좋았다. 그러나 어제의 기억이 너무 강렬해서 도저히 함께 웃을 수가 없었다.

모모코는 차를 끓이려고 부엌으로 들어갔다.

나는 좁은 거실에서 햇불 아래의 그 남자와 단둘이 있어야 했다.

아저씨가 내게 손을 뻗었다.

나는 순간적으로 몸을 움츠리며 피했다.

"왜 그러느냐? 난 악수를 하려고 했을 뿐인데."

너무나 무서워서 아저씨가 내 곁으로 가까이 올수록 숨을 쉴 수 없을 정도의 공포가 밀려들었다.

"도대체 왜 날 이렇게 무서워하는 거냐? 나는 나쁜 사람이 아니란다."

아저씨가 의아한 얼굴로 나를 바라봤다. 정말이지 지금 이 아저씨가 어젯밤 그 남자가 맞는지 의심스러울 만큼 착해 보이기만 했다.

그래서 용기 내어 말을 꺼냈다.

"저, 저는 봤어요."

아저씨가 내 얼굴을 물끄러미 바라보며 물었다.

"뭘 봤다는 말이냐?"

"아저씨가, 아저씨가 사람을……."

아저씨는 내 말을 듣자마자 눈앞에 벼락이라도 떨어진 것처럼 화들짝 놀라 털썩 주저앉았다.

"그걸 어떻게?"

"어젯밤 강가에서……."

아저씨는 머리에 망치라도 맞은 듯이 놀라며 내 곁에 바짝 다가앉았다.

"아스카, 너도 조센진이니?"

나는 고개를 끄덕였다.

"부탁이다. 제발 모모코에게는 얘기하지 말아 다오. 난 조센진들한테 아무 원한이 없단다. 미워하지도 않아. 난, 나는 그저……."

아저씨 말에 나는 고개를 저었다.

"더 이상 가까이 오지 마세요."

나는 발을 굴렀다.

"잠깐만 말 좀 하게 해 다오. 그래, 변명이지만, 어제는 어쩔 수가 없었단다. 나는 부락민으로 평생을 구박과 멸시 속에 살아왔어. 매일 돼지를 잡고 소를 잡는단다. 그 일도 죄스럽게 생각해. 사는 게 징글징글했지. 지옥 같았어. 지금까지 제대로 사람 대접을 받아 본 적이 한 번도 없단다. 이번에 동네 사람들이 조선인을 죽이러 간다고 할 때 나는 전혀 내키지 않지만, 사람들은 이런 시기에 애국을 해야 한다고 했어. 이 일을 하지 않으면 마치 나라를 배신하는 것처럼 나를 부추기더구나. 그런데 어젯밤에는 나도 모르게 그들에게 인정을 받고 싶어졌어. 칭찬의 말이 듣고 싶었던 거야. 내가 인정받을 수 있는 방법이라고는 그런 것밖에 없었어."

나는 더는 변명을 듣고 싶지 않아서 일어나 문 쪽으로 향했다. 아저씨가 내 소매를 잡으며 말을 이었다.

"나도 잘 안다. 내 죄를 용서받을 수 없다는 것을. 그런데 나도 어떻게 도망갈 수가 없었어. 그 상황에서는 어쩔 수 없었단다. 그러니 부디 내 딸에게는 얘기하지 말아 다오. 제발……."

아저씨가 내 손을 잡고 애원하듯 말했다.

나는 아저씨의 손을 힘껏 뿌리쳤다. 더는 아저씨의 말을 듣고 싶지 않았기 때문이다. 그리고 모모코에게 작별 인사도 못 한 채 문을 열고 미친 듯이 달아났다.

자기들이 힘들어지면 자기보다 더 약한 사람을 아무렇지도 않게 방패막이로 삼아도 되는 걸까? 나는 절대 그렇게 살고 싶지 않은데……. 아저씨도 우리와 같은 처지인데, 어쩌면 다음번에 우리처럼 강가에서 누군가의 죄를 대신 뒤집어쓸 수 있는 처지인데, 어째서 우리를 죽음으로 몰고 가려 했을까?

도저히 이해할 수 없었다. 아저씨는 용서를 구했지만 용서할 수 없었다. 나는 세차게 고개를 흔들었다. 모든 기억이 사라져 버리기를 바라면서.

착하다는 것

일본인들은 낯선 사람을 두려워했고, 낯선 이가 조선인일까 봐 더 두려워했다. 아무 증거도 없는데 신문에는 조선인이 범죄를 저질렀다는 기사들이 날마다 실렸다. 조선인을 둘러싼 소문은 눈덩이처럼 커져 조선인들은 점점 완벽한 괴물이 되어 갔다. 일본인들은 대낮부터 문을 닫아걸었고, 낯선 사람들을 너나없이 감시했다. 나 같은 어린아이들까지 두려워해서 나는 구걸조차 할 수 없었다.

그래서 배를 곯고 지내는 날이 많아졌다. 이런 배고픔은 처음이었다. 한 발짝 떼어 놓을 때마다 다리가 후들거렸다. 먹을 것이 생기면 닥치는 대로 먹었다. 나무에 매달린 설익은 과일일지라도, 그것이 상했을지라도 입에 욱여넣었다. 쓰레기통 뒤지는 일은 이제 아무것도 아니었다.

끝없이 걷는 나날이 이어졌다. 힘들었지만 목표가 있기 때문에 용기를 낼 수 있었다. 발걸음을 옮길 때마다 계속 같은 말만 되뇌었다.

'아버지를 만나야 해. 아버지 친구 집으로 가야 해.'

아버지 친구의 집까지 가는 길은 지도상으로는 가까웠지만 자경단들이 지키는 검문소 때문에 멀고 험했다. 마을마다 임시 검문소가 설치되어, 범죄자로 몰린 조선인은 모두 죽음을 피하기 힘들었다. 낯선 마을을 지나갈 때가 가장 떨렸다. 그래서 멀찌감치 떨어져 주위를 살피곤 했다.

어느 마을 어귀에 다다랐을 때였다. 검문소 근처에서 자경단원들이 지나가는 사람들을 유심히 바라보고 있었다.

그때 순사 한 명이 칼을 차고 그곳을 지나갔다. 그러자 자경단원 중 한 명이 순사에게 말을 붙였다.

"순사 나리, 그 칼 말이오, 늘 차고 다니는 그 칼로 무얼 했소? 조센진 아이 하나 죽이지 못했지? 이것 보시오, 우리는 평소 비료로 쓸 똥이나 퍼 나르지만 국가가 위급한 상황에서는 이렇게 위대한 일을 척척 해낸다오!"

그가 순사를 향해 피범벅이 된 죽창들을 들이밀며 자랑하자,

순사마저도 움찔하는 기색이었다.

그러나 순사는 자경단원들 사이를 빠른 걸음으로 지나쳤다.

"이봐, 순사 양반! 국가의 적은 또 누군지 말 좀 해 주고 가게나! 사회주의자야, 노동 운동가야? 말만 해. 우리가 죽여 줄 테니까, 하하하하!"

자경단원들이 순사의 뒤통수를 보며 비웃듯 키득거렸다.

나는 뒷걸음치며 다른 곳으로 돌아가야겠다는 생각을 했다.

근처에 있는 냇가로 가서 가재 따위를 찾아보았다. 내가 막 돌을 옮기려고 할 때 총검을 든 군인 10여 명이 냇가로 내려왔다.

"이놈의 조센진들은 죽여도 죽여도 바퀴벌레처럼 자꾸 나와. 정말 진절머리가 나는군."

한 군인이 칼에 묻은 끈적끈적한 피를 씻으며 말했다.

"그러게 뭐 하러 직접 죽여? 우리는 잡아서 모조리 자경단에 넘겨줬어. 자경단이 우리보다 조센진을 더 잘 다루거든. 조센진을 죽이면서 개인적인 분풀이까지 하게 하니 여러모로 도움이 되는 것 같아."

옆에서 같이 칼을 씻던 군인이 말했다.

나는 정신을 차리고 조심조심 그 자리를 떴다.

나도 순사나 군인보다 자경단이 더 무서웠다. 순사나 군인은 제복을 입었기 때문에 피할 수라도 있지만 자경단은 그럴 수가 없었다. 자경단원은 대개 평범한 농부, 상인 또는 품팔이 노동자들이었다. 순박해 보이는 이들이 자기 마을을 지키는 자경단원이 되는 순간, 갑자기 다른 사람이 되었다. 마치 대단한 사무라이라도 된 것처럼 칼을 휘둘렀다.

아버지 친구의 집으로 가는 마지막 검문소를 어떻게 해서든 통과해야 했다. 그런데 발이 떨어지지 않았다. 길은 여기밖에 없는데, 달리 뾰족한 수가 생각나지 않았다.

검문소를 거치기 전에 혼자서 중얼거렸다.

'뛰면 안 돼. 의심받을 행동을 하면 안 돼. 나는 지진으로 부모를 잃은 일본 아이야. 나는 외롭고 가엾은 아이야. 그렇게 보여야 해. 나는 조선인이 아니야.'

그때 뒤에서 나를 부르는 소리가 들렸다.

"어이, 거기 꼬마! 너, 너 말이야. 뒤 좀 돌아봐!"

나는 짐짓 나를 부르는 소리가 아닌 것처럼 앞으로 계속 걸었다.

그런데 갑자기 누가 달려와 우악스러운 손으로 내 어깨를 잡고 내 몸을 돌려세웠다.

순간 너무 놀라 기절할 뻔했다.

"너, 이 동네 아이가 아니지?"

나는 고개를 끄덕였다.

"봐, 내가 이 정도라니까. 얘가 이 동네 아인지 아닌지도 단번에 맞히잖아. 딱 보면 안다니까. 내기해 볼까? 얘가 조센진인지 아닌지, 돈 걸어 보자고."

그는 나를 놓고 주변의 자경단원들과 내기를 했다.

심장이 떨렸다.

"영락없는 일본인이네. 머리숱이 많은 걸 보니."

"무슨 소리! 어떻게 봐도 조센진인데. 이유 따위가 뭐 필요해? 어느 모로 보나 얘는 딱 조센진이야."

나는 침을 꼴깍 삼켰다.

그들은 주섬주섬 돈을 꺼냈다.

그때 자경단 가운데 한 명이 총을 꺼내 나에게 겨눴다.

"너 조센진이지? 그렇지?"

공포에 질려 내 목구멍에서는 "네, 맞아요, 전 조선인이에요."라는 말이 불쑥 튀어나올 것만 같았다.

눈을 질끈 감았다. 이럴 땐 무슨 상상을 하면 좋을까? 어떻게 하면 내 목구멍을 막을 수 있을까? 아, 아무것도, 아무것도 생각나지 않는다.

곧 차가운 금속 재질이 내 관자놀이에서 느껴졌다. 총이었다. 순간 아라카와강에서 쓰러진 조선인들의 모습이 떠올랐다. 나도 이제 쓰러져 어딘가에서 시신이 되어 뒹굴겠지. 그런 생각이 들자 오줌을 쌀 것 같았다. 상상만 해도 토할 것 같았다. 온몸이 떨려 왔다.

그때 내기에 끼지 않고 보고만 있던 사람이 다가와 총을 치우며 말했다.

"어린애한테 총을 겨눈 채로 물어보면 무서워서 어떻게 대답을 하겠어?"

"장난이야, 장난. 보통 이렇게 하면 겁쟁이 조센진들은 놀라서 조선말로 지껄이거든. 감탄사까지 일본어로 하는 조센진은 드무니까 말이야. 어때, 나 머리 잘 돌아가지?"

"이 아이가 일본인이면 어쩌려고 그래. 어쨌든 그 총부터 좀 치워."

"그러게. 요놈은 조선말을 못하네."

그제야 그는 총을 내렸다.

다리 힘이 다 빠져나가는 느낌이 들었다. 누가 나를 이 상황에서 구해 주기만 한다면 뭐든 다 할 수 있을 것 같았다. 나는 다시 눈을 떴다.

그때 내 앞으로 느긋하게 자전거를 몰고 오는 할아버지가 보였다.

나는 시사를 만지작거리며 마음속으로 기도했다.

'제발 저를 구해 줄 착한 일본인을 보내 주세요. 제발 살려 주세요!'

그리고 고개를 들었다.

짙은 눈썹에 쌍꺼풀이 진 선량한 눈과 마주쳤다.

할아버지가 내 눈을 지그시 바라보았다.

할아버지는 내 눈에서 어떤 불안감을 읽어 낸 듯싶었다. 할아버지는 잠시 머뭇거리더니 자전거를 세우고는 나를 향해 소리쳤다.

"테오루, 이 녀석 어디 갔나 했더니 또 여기까지 온 거냐? 내가 얼마나 찾아다녔는지 알아? 거기서 뭐 하는 게냐?"

나는 그제야 눈치를 챘다.

허리를 90도로 숙이며 할아버지에게 말했다.

"할아버지, 늦어서 죄송합니다."

"어서 타거라, 이 녀석아. 다 같이 저녁 먹으려고 식구들이 기다리잖아."

나에게 끔찍하게 굴던 자경단원들은 이내 물러섰다. 그리고 그중 한 명이 할아버지에게 말했다.

"할아버지 손자로군요. 이 녀석이 진작 말을 했으면 우리가 그런 장난을 안 했을 텐데. 그러고 보니 짙은 눈썹이 많이 닮았네요, 허허."

그러고는 미안했는지 한마디 덧붙이며 지나갔다.

"테오루라고 했지? 테오루, 이렇게 밤에 돌아다니면 못쓴다. 조센진이 잡아갈지도 몰라. 그놈들이 보통 위험한 놈들이 아니거든."

나는 속으로 대꾸했다.

'세상에서 당신들보다 더 위험한 사람은 없어요. 저도 딱 보면 알아요.'

아무튼 다행이었다.

나는 떨리는 손을 들키지 않으려고 주먹을 꽉 쥐었다. 그리고 가까스로 할아버지 자전거에 올라탔다.

"허리를 꽉 잡아라."

할아버지가 다정하게 말했다.

할아버지는 자경단 검문소와 멀리 떨어진 곳으로 자전거를 몰았다. 그러고도 한참이 지나서야 내게 말을 걸었다.

"이제 자경단은 없다. 그런데 너 조센진이냐?"

할아버지는 벌써 안다는 듯이 말했다.

"네."

"부모님은?"

"어머니는 잡히고, 아버지하고는 소식이 끊겼어요."

"저런, 저런! 얘야, 오늘 밤에는 우리 집에서 자고 가려무나."

할아버지네는 과수원을 하는 집이었다.

집에는 얼굴이 온화해 보이는 할머니가 있었다. 하지만 할머니는 낯선 나를 처음엔 경계하는 눈치였다.

나는 위험한 사람이 아니라는 것을 나타내기 위해 공손하게 인사했다.

"안녕하세요! 저는 아스카입니다."

"오냐, 그래. 어서 오렴."

할머니가 말하며 내게 방으로 들어오라고 권했다.

"어이, 여기 밥 좀 줘. 배가 푹 꺼졌어. 이 녀석 것도 챙겨 주고. 불쌍한 놈이야. 지진으로 부모를 잃었대."

할아버지는 내 신상을 대충 지어서 말했다.

그제야 할머니는 "아이구, 저런! 불쌍한 아이로구나. 도쿄는 지진 피해가 막심하다고 들었단다." 하며 먹을 것을 챙기러 부억으로 들어갔다.

나는 방으로 안내받았다. 집 안이 깔끔하게 잘 정돈되어 있었다. 물건이 모두 가지런히 놓여 있고 가구들은 잘 닦아서 반짝반짝 윤이 났다. 할머니 성격이 깔끔한 것 같았다.

잠시 뒤 할머니가 주먹밥을 들고 왔다.

천천히 먹으려고 했지만 잘되지 않았다. 하도 오랜만에 먹어보는 음식이라 허겁지겁 목구멍으로 밀어 넣었다.

옆에서 지켜보던 할머니가 안쓰러워하며 혀를 찼다.

"천천히 먹어라. 얼마나 굶주렸으면, 쯧쯧……."

식사 후에 할머니는 나에게 향긋한 차를 건넸다.

차를 마시고 나자 할머니는 내게 작은 방을 내주었다. 좁지만 아늑했다. 오늘 밤은 편안하고 안전하게 잘 곳이 생겨서 다행이었다. 매일 이런 일본인을 만나면 얼마나 좋을까 생각했다.

오랜만에 밥을 먹은 데다 긴장이 풀려 초저녁부터 졸음이 쏟아졌다. 나는 까무룩 잠이 들었다.

얼마나 지났을까? 사방이 깜깜했다.

그때 사람들이 두런거리는 소리가 들려왔다. 나는 본능적으로 몸을 벌떡 일으켰다. 그리고 어둠 속에 가만히 앉아 밖에서 들려오는 소리에 귀를 기울였다.

젊은 남자 목소리였다.

"군대에서 총을 빌려주고 마을 어르신들이 술을 돌리면서 응원까지 해 주셨는데, 우리 마을에서는 조센진을 한 마리도 못 잡았습니다. 정말 면목이 없습니다, 어르신."

할아버지가 조금 언성을 높여 대답했다.

"그게 무슨 말인가? 없으면 안 잡으면 되지. 없는 조선인을 만들어 낼 수도 없는 일 아닌가."

할아버지 말에 청년은 손사래를 쳤다.

"저 아랫마을에서는 열여섯 명이나 잡아서 죽였더라고요. 우리만 한 명도 못 잡아서 다른 마을에 체면이 서질 않네요. 피난민 중에 조센진이 많다고 하니, 내일은 더 철저하게 경비를 서서 꼭 잡겠습니다."

자경단원이었다!

"그런 걱정 말고 어서 가 보게. 그리고 오늘은 밤새우지 말고 그냥 자게나."

"고맙습니다. 그럼 내일 또 들러서 살펴보고 가겠습니다. 문단속 잘하시고요."

자경단 청년이 허리를 푹 숙이며 인사했다.

"잠깐만 기다리게."

할머니 목소리였다.

"이건 후원금일세. 밤에 잠도 못 자고 마을을 지키는데, 우리 같은 늙은이가 뭘 해 줄 게 있어야지. 사양 말고 받게나. 그리고 오늘 못 잡았으면 내일 잡으면 되지. 언젠가는 우리도 나쁜 조센진을 잡을 걸세. 행운을 비네!"

"아이고 할머니, 안 주셔도 되는데…… . 정말 감사합니다. 잘 쓰겠습니다."

청년은 고개를 몇 번이고 숙여 인사한 뒤에야 돌아갔다.

청년의 목소리가 발소리와 함께 사라지자, 할머니가 한껏 낮춰 말하는 목소리가 들렸다.

"저기, 영감. 저 방에서 자는 애가 혹시 조센진 아닐까요?"

"무슨 소리야? 일본 아이라고."

"그걸 어떻게 믿어요? 조센진은 거짓말도 잘한다는데…… . 혹시 걔한테 어디서 왔는지 물어봤어요?"

할아버지가 버럭 화를 내며 대꾸했다.

"도쿄에서 왔다잖아. 사람 말을 믿어야지, 뭘 그렇게 따지고 그러나?"

"아무리 지진 때문이라도 그렇지, 옷도 저 모양이고…… . 어떻게 친척 하나 없이 아이 혼자 떠돌아다닐 수가 있어요? 우리는 조센진을 구별할 줄도 모르는데. 영감, 내일 저 애를 자경단에 넘깁시다. 혹시 모르잖아요. 쟤가 조센진일지. 저렇게 다들 마을을 위해 애쓰는데 우리가 뭐라도 도와줘야 하지 않겠어요?"

할머니 말에 할아버지가 언성을 높여 대답했다.

"지금 지진으로 고아가 된 애가 한두 명이 아닌데, 당신은 어떻게 그런 말을 할 수가 있소? 그리고 설령 쟤가 조센진이라도 그렇지, 저런 어린애가 자경단 손에 죽는 걸 꼭 보고 싶단 말이오?"

할아버지 말에 할머니도 목소리를 높이며 대꾸했다.

"조센진이면 넘겨야죠! 우리를 위험에 빠뜨리는 놈들인데, 쟤가 우물에 독이라도 풀면 어쩌려고요? 조센진은 애초부터 우리와는 종자가 다른 열등한 놈들이라고요. 절대 믿어선 안 돼요. 악마 새끼도 악마지, 별다를 게 있어요?"

"그런 말 할 거면 입 다물고 잠이나 자요!"

할아버지가 역정을 내며 소리쳤다.

"아니면 영감, 우리 일손도 딸리는데 과수원에서 일 좀 시키다가 보냅시다. 우리 옆집 다케시 할망구 말예요. 그 망구가 세상에, 중국 아이를 잡아다가 일을 죄다 시킨다잖아요. 그 망구

남편 죽은 뒤로 맨날 농사짓기 힘들다고 징징대더니만…… 자경단이 조센진인 줄 알고 잡았는데 중국인이었다지 뭐예요. 그래서 자경단에 돈을 좀 쥐여 주고 데려다가 돼지우리에 넣어 놨는데, 고놈이 일을 그렇게 잘한답디다."

"자네가 사람이 되려면 아직도 멀었네. 한참 멀었어!"

할아버지가 화를 내자 할머니는 팩 토라져 방으로 들어갔다.

나는 할머니 말에 잠이 싹 달아났다.

무릎을 꼭 감싸 안고 두 사람이 나눈 말을 곱씹어 봤다. 할머니의 말은 비수처럼 내 마음속에 파고들었다. 분명 나를 위해 주먹밥을 주고 따뜻한 눈길로 바라보던 할머니였다. 그런데 내가 조선인일 수도 있다는 가능성 하나만 보고 바로 자경단과 똑같은 사람이 되었다.

혼란스러웠다. 착한 사람도 저렇게 바보 같은 생각을 할 수 있다는 것이. 착하다는 것은 정의의 편에 서는 것이라고 생각했는데, 꼭 그렇지만은 않다는 사실을 깨달았다. 착하지만 어리석은 사람은 나쁜 짓을 더 쉽게 저지를 수 있다는 생각이 들었다.

한시바삐 여기를 떠나야겠다고 마음먹었다. 할머니, 할아버지가 잠들 때까지 우두커니 앉아 기다리는 동안, 나와 함께 여행하는 시사를 주머니에서 꺼냈다.

이 세상에 진짜 시사가 살아 있다면 얼마나 좋을까? 그러면 나쁜 짓 하는 사람은 한 명도 생기지 않을 것이다. 하지만 현실에서 시사는 아무것도 하지 못했다. 내 작은 손에 얌전히 놓여 있는 목각 인형일 뿐이었다.

시사를 흔들어 깨우고 싶었다. 제발 진짜 시사가 되어 달라고 소리치고 싶었다. 그러나 목각 인형이 돼 버린 시사는 깨어나지 않았다. 정의는 딱딱한 나무 조각 속에 단단히 갇혀 나오지 못하는 듯했다. 어떤 희망 같은 것이 깡그리 사라지는 느낌이 들었다.

아버지
친구를
찾아서

할머니, 할아버지가 깊이 잠든 것을 확인하고 그 집을 빠져나 왔다. 이곳에 더 있고 싶지 않았기 때문이다.

그런데 떠나기 전에 꼭 해야 할 일이 있었다. 할머니가 말한 중국인 아이를 떠올렸다. 그 아이를 구해 주고 싶었다.

옆집과 돼지우리라는 말을 단서 삼아 이웃집 근처를 돌았다. 그러다가 돼지우리를 발견한 나는 살금살금 그쪽으로 다가갔 다. 돼지우리 바깥쪽에 빗장이 걸려 있었다. 빗장을 풀고 살며 시 문을 열었다. 돼지들과 함께 바닥에 앉은 채로 잠자는 한 아이를 발견했다. 자세히 보니 아이의 몸은 돼지우리 기둥에 묶여 있었다.

아이를 살며시 깨웠다.

잠을 깬 아이가 놀란 눈으로 나를 봤다. 아이는 열 살쯤 되어 보였는데, 몸집이 작고 눈은 순한 송아지처럼 큼직했다.

나는 주머니칼을 꺼내 잽싸게 매듭을 잘라 버렸다.

"이제 넌 자유야. 네가 가고 싶은 곳으로 가면 돼."

내가 작은 목소리로 속삭였다.

아이는 처음엔 멀뚱히 있다가 마치 목줄 풀린 강아지처럼 마구 앞으로 달려 나갔다. 소리를 지르면서 미친 듯이 달렸다. 어떻게 막아 볼 새도 없었다. 덜컥 겁이 났다. 누가 듣고 당장이라도 나올 것만 같았다. 다시 잡히면 안 되는데…….

이쪽저쪽 집에서 개가 짖고 닭이 푸드덕거렸다. 마을이 금세 소란해졌다. 나는 아무도 깨지 않기를 기도하며 아이를 쫓아갔다. 아이는 갈림길에서 잠시 멈추고 씩씩거리며 거친 숨소리를 냈다.

나는 조용히 다가가 손을 잡았다.

아이의 손은 차가웠다. 아이는 사시나무처럼 떨었다.

아이의 손을 잡고 아무도 찾아내지 못할 만한 곳을 찾아 길을 떠났다. 새벽이 밝아 올 무렵, 지진으로 반쯤 무너진 집을 발견하고 그 안으로 들어갔다.

"이름이 뭐니?"

"차우."

아이는 자기 이름을 밝히자마자 눈물을 흘렸다.

"그 할머니 나빠. 정말 나빠. 나를 때리고 돼지처럼 취급했어. 마구 부려 먹고 개 밥그릇에 밥을 줬어. 먹을 걸 던져 줬어."

차우가 울먹이며 말했다. 쩍쩍 갈라져 피가 나는 손등으로 눈물을 훔쳤다. 나는 차우의 몸을 살폈다. 차우의 몸은 상처투성이였다. 눈 뜨고 보기 힘들 지경이었다.

나는 주먹을 불끈 쥐었다. 다시 돌아가 그 집 할머니에게 복수하고 싶은 심정이었다. 배낭에서 주머니칼을 꺼냈다. 주머니칼은 여전히 날카롭게 빛났다.

'할머니 정도는 내가 어떻게 해 볼 수 있지 않을까?'

반짝이는 칼날을 보며 문득 그런 생각이 들었다. 지금 심정 같아서는 이걸로 누구든 찌를 수 있을 듯했다. 어디 그 할머니뿐일까, 내가 그들보다 힘만 더 세다면 정말 죽이고 싶은 일본인이 너무 많았다. 솔직히 마음속으로 얼마나 많은 일본인을 죽였는지 모른다. 하루에도 몇 번씩 상상에 빠져, 거인이 된 나는 일본 전체를 바닷속에 처넣었다. 내 마음속에서 거대한 괴물이 꿈틀거리고 있었다.

나는 고개를 세게 흔들었다. 사람이 괴물이 되는 지점은 여기쯤일까? 아니면 괴물은 우리 속에 이미 존재하는 것일까? 이걸 견디지 못하면 나도 그들과 똑같은 인간이 되겠지. 어린 차우를 돼지처럼 다룬 악마 같은 어른, 횃불 아래 몽둥이를 들고 섰던 그 어른처럼.

'싫어! 나는 그따위 어른은 되고 싶지 않아. 절대로!'

분노를 가라앉히기 위해 이를 악물었다. 그리고 가만히 차우를 안아 주었다. 류스케가 분노에 싸인 나를 안아 주었던 그때처럼.

차우는 밤새 자기 얘기를 들려주었다. 차우의 부모는 일본어를 잘하지 못해서 조선인으로 의심받아 자경단에 끌려가 살해당했다고 했다. 차우는 인신매매 되어 그나마 간신히 살아남았는데, 갈 곳이 없다고 했다. 나는 함께 길을 떠나자고 했다. 차우가 고개를 힘차게 끄덕였다.

내리 며칠을 걸었다. 어느 늦은 저녁이 되어서야 우리는 아버지가 알려 준 주소지에 도착할 수 있었다. 그런데 문 앞에 신문이 수북이 쌓여 있었다. 불안한 마음이 들었다. 사람이 살지 않을 수도 있다는 표시였으니까. 그래도 그곳에서 아버지 소식을 듣고 싶은 마음에 문을 두드렸다.

그러나 집 안에서는 아무 반응이 없었다. 문을 살짝 밀어 보았다. 그러자 문이 힘없이 열렸다. 안으로 들어가 보니 마치 수색당한 집처럼 온갖 살림살이가 바닥에 나뒹굴고 창문이란 창문은 모조리 깨져 있었다. 바닥에는 피가 말라붙어 있었다.

"피! 피야, 피!"

차우가 피를 보자마자 겁에 질려 큰 소리로 외쳤다.

우리는 황급히 집 밖으로 나왔다.

그때 옆집 창문이 열리더니, 백발을 가지런히 빗어 넘긴 할머니가 내다보며 물었다.

"누굴 찾는 거냐?"

나는 창가로 다가가 말했다.

"모리오 씨를 찾고 있어요. 이 주소가 맞나요?"

모리오 씨의 주소가 적힌 쪽지를 할머니에게 보여 줬다. 할머니가 창밖으로 주름진 손을 내밀었다. 할머니는 눈을 찡그리며 쪽지를 찬찬히 살펴보았다. 그러더니 잠시 후 돋보기 안경을 쓰고 집 밖으로 나왔다.

"맞게 찾아왔구나. 그 집이 모리오 씨네 맞아. 하지만 이제 모리오 씨는 만날 수 없단다."

"무슨 일이 생겼나요?"

나는 걱정스러워하며 물었다.

"음, 그나저나 모리오 씨랑은 어떤 관계냐? 조카냐?"

할머니는 내 말에는 대답하지 않고 다시 물었다.

"아버지 친구십니다. 저는 심부름을 왔고요."

내 대답에 할머니는 쯧쯧 혀를 차더니 모리오 씨 얘기를 해 줬다.

"모리오 씨는 죽었단다. 죽은 지 벌써 닷새가 다 되어 가는구나. 그 사람 아내와 아이도 모두 그날 같이 죽었단다. 헌병 대위인가 하는 사람이 군인들을 데리고 와서는 집을 쑥대밭으로 만들고 끝내 그런 잔인한 짓을 했지."

"모리오 씨가 조센진이었나요?"

나는 놀라서 할머니에게 물었다.

"그럴 리가. 모리오 씨는 일본인이야. 그런데 사회주의자인지 공산주의자인지, 아무튼 그런 사람이었다는구나. 뭔지 잘 모르지만, 사회주의나 공산주의나 국가에 해가 되는 거라고 하더라. 그 착한 모리오 씨가 그럴 리 없을 것 같은데, 국가가 해로운 거라고 하니 그 말이 맞겠지. 그렇게 착한 사람이 왜 그런 이상한 것에 빠졌는지 알다가도 모르겠다. 안됐다만, 아무튼 이 집엔 이제 아무도 살지 않으니 그만 가 보거라."

할머니는 말을 마치고 우리에게 등을 보이며 집 안으로 들어갔다.

나는 다리 힘이 빠져 모리오 씨네 대문 앞에 털썩 주저앉았다. 여기에 오면 아버지나 동혁이 형을 만날 수 있으리라 기대했는데 헛일이 되고 말아 맥이 풀려 버렸다. 이제 어디로 가야 할지 막막해졌다.

그때 차우가 신문 한 장을 들고 내 옆에 앉았다. 그 신문 기사의 제목이 내 눈에 들어왔다.

"유언비어 확산이 더한 위험을 불러들이다."

나는 소리 내어 기사를 읽어 내려갔다.

"이번 대지진을 기회로 조선인이 제국의 수도에서 함부로 날뛰고 있다는 소문에 대해 당국에서 상당한 경계 조사를 실시한 결과, 유언비어였다는 사실이 밝혀졌다. 우물에 독을 넣은 조선인도 없었거니와, 조선인에 의한 내습과 같은 일은 더더구나 없었다."

"아스카 형, 무슨 말이야? 조금 쉽게 얘기해 줘. 난 무슨 말인지 하나도 모르겠어."

차우가 읽지도 못하는 신문에 머리를 박고서 말했다.

"거짓말이라는 거야."

"뭐가?"

"조선인이 우물에 독을 타고, 폭탄을 갖고 다니면서 불을 질렀다는 그 모든 말이 거짓이라는 거야. 이제 와서……."

"형, 일본 사람들은 왜 그런 거짓말을 했을까?"

나는 부르르 떨며 신문을 다시 살펴봤다.

9월 10일 기사였다.

열흘이 지나서야 이런 발표가 나오다니.

그 열흘 동안 말도 안 되는 거짓말 때문에 수많은 조선인들이 다 죽고 나서야 이런 기사가 실린 것이다. 얼마 전까지만 해도 조선인은 모두 범죄자인 것처럼 떠들던 신문이 말이다. 일본인이 놓은 덫에 같은 일본인이 걸려드니까 그제야 놀라서 진실을 털어놓는 것 같다.

신문에서는 자경단의 사법권을 경찰에 돌려줘야 한다고 주장했다. 자경단원들이 조선인을 죽인다는 명목으로 사회주의자와 노동 운동가, 심지어 개인적으로 원한이 있는 사람들까지 죽였기 때문이다. 일본 정부는 자기네가 벌인 일이 더 커지니까 이제야 멈추는 것 같았다.

손이 부들부들 떨렸다.

일단 차우와 함께 이 동네에 잠시 머무르기로 했다. 돈도 없고, 끼니를 해결하기 위해서도 우리는 일을 해야 했기 때문이다. 나는 그 기사를 잘라서 반듯하게 접어 배낭 속에 넣었다. 혹시 자경단에 잡혔을 때 마지막으로 쓸 수 있는 방패가 될지도 모른다는 생각이

들었기 때문이다. 물론 그 사실을 믿으려는 일본인이 얼마나 될지는 모르지만……

차우와 나는 그 동네 시장에서 잔심부름도 하고 물건을 날라주는 일을 구했다.

어느 날, 시장 상인 몇몇이 점심을 먹은 뒤 담배를 피우며 우리 옆에서 얘기를 나누었다.

머리에 하얀 두건을 쓴 남자가 말을 꺼냈다.

"우치다 외상 말이야, 그 사람이 인물이야. 그 사람 덕분에 우리 일본에 해충 같은 조센진이 박멸됐잖아. 속이 다 후련해. 그놈들 때문에 자경단 일을 하느라 밤에 잠도 못 자고 있지만, 이런 기회가 온 건 잘된 일이야. 애초에 그런 인간들을 이 땅에 들어오게 한 게 잘못이지. 우리끼리 사는 게 제일 편해. 조센진은 폭탄 던지는 일도 아무렇지 않게 생각하는 놈들이니까 말이야."

커다란 앞치마를 두른 사람이 하얀 두건 남자를 돌아보며 말했다.

"아직 소식 못 들었나 보네. 조센진이 저지른 작은 범죄가 잘못 전해진 거라던데. 그거 다 유언비어래."

"유언비어?"

"조센진이 우물에 독을 타고 폭탄을 던지고 부녀자를 강간했다는 게 전부 헛소문이래. 조센진은 그런 적이 없대."

하얀 두건 남자가 깜짝 놀라며 반박했다.

"그럴 리가. 조센진들을 조심하라면서 군인들이 직접 해 준 얘기인데, 어떻게 헛소문일 수가 있어? 그럼 군인들이 거짓말을 했다는 건가? 그게 말이 되는 소리야?"

이번엔 긴 장화를 신은 남자가 허탈한 듯 말했다.

"그러면 우리가 잡았던 그 많은 조센진들이 모두 아무 죄도 없었다는 건가?"

하얀 두건 남자가 근심 어린 얼굴로 말했다.

"그럼 우리가 여태껏 누굴 죽인 거야?"

그 질문에 아무도 대답하는 사람이 없었다. 잠시 침묵이 이어졌다.

"젠장, 버러지 같은 조센진 몇 명 죽인 게 대수야? 그런 놈들이 아무 죄 없이 죽었다는 게 말이나 돼? 진실은 그놈들이 죽을 짓을 해서 우리가 죽였을 뿐이라는 거야. 그게 사실이고 진실이야."

하얀 두건 남자가 바닥에 침을 퉤 뱉으며 말했다. 그러고는 신경질적으로 다시 담배를 피워 물었다.

다시
고향으로

'어떡하지? 이제 어디로 가야 하지?'

머릿속에서 이 생각만 떠올랐다.

하지만 아무리 생각해도 갈 곳이 없었다.

그런데 내 의지와 상관없이 어느새 나는 미나미카쓰시카군으로 가는 길 위에 서 있었다. 불에 탄 우리 집 말고는 내가 갈 수 있는 장소가 한 군데도 생각나지 않았기 때문이다. 그곳이 내가 돌아갈 수 있는, 그리고 내가 아는 유일한 고향이었다.

차우는 어디로 가든 상관없다고 했다. 차우는 내가 가는 곳이 자신이 가고 싶은 곳이라고 말했다. 내가 우리 마을에도 중국인 아저씨가 있다고 말해 주자, 차우는 눈을 동그랗게 뜨며 얼른 만나고 싶다고 했다.

우리가 가는 길에는 트럭들이 많이 내달렸다. 무심결에 트럭을 봤는데, 트럭 짐칸 밖으로 시신의 발들이 삐죽삐죽 나와 있었다. 시신을 덮은 거적때기는 검붉은 핏빛으로 물들어 있었다. 어디에서 날아드는지 파리 떼가 트럭을 따라 끈질기게 날아다녔다.

나는 온몸이 뻣뻣하게 굳는 것 같았다.

'아직도 학살이 끝나지 않은 건가? 저 시신들은 어디로 실려 가는 걸까? 혹시 저 속에……'

나는 고개를 세게 가로저었다.

'아니야, 그럴 리가 없어. 어머니와 아저씨들은 어딘가에 살아 계실지도 몰라. 절대로, 절대로 나쁜 일은 없을 거야.'

드디어 아라카와강이 나타났다.

반가웠지만 아라카와강 주변을 돌아보고 싶지는 않았다. 그곳은 학살터였기 때문이다.

그쪽으로 눈을 돌리면 여전히 시신이 떠다닐 것 같고, 학살자들이 의심의 눈으로 우리를 보고 쫓아올 것만 같았다.

나는 애써 외면하며 앞만 보고 걸었다.

그때 차우가 내 손을 잡고 강둑으로 이끌며 말했다.

"형, 우리 여기서 쉬었다 가자. 물이 정말 맑아."

'물이 맑아? 그렇게 붉었던 물이?'

나는 차우의 말에 아주 조심스럽게 강으로 눈을 돌렸다.

강가에 흩어져 있던 수많은 조선인의 시신들이 말끔히 사라지고 없었다. 핏빛으로 물들었던 강은 가을 햇살에 반짝이며 유유히 흐르고 있었다. 아무 일도 없었던 것처럼, 아무 기억도 지니지 않은 것처럼.

나는 놀란 눈으로 강가를 훑었다. 진짜 감쪽같이 시신들이 사라졌다. 아까 보았던 그 트럭들이 시신을 어디로 옮겨 놓는 걸까.

드디어 차우와 나는 우리 마을 쪽으로 난 길로 접어들었다. 먼저 일본인 마을을 지나쳐야 했는데, 그곳에서 놀라운 광경을 보았다.

횃불 아래에서 죽창과 총과 칼을 마구 휘두르던 사람들이 일상으로 돌아온 모습이었기 때문이다.

그들은 온화한 표정으로 손님을 맞이했고, 예의 바르게 인사했다. 고개를 몇 번이나 숙이며 사람 좋은 얼굴을 하고 있었다. 아버지와 함께 품팔이하던 나이 많은 야마다 아저씨는 중국인을 욕하며 돌아다니고 있었다. 그들에게서 학살의 기억은 진작에 사라진 것처럼 보였다.

155

우리 동네로 접어들자 선술집 중국인 아저씨가 거의 완성되어 가는 가게 앞에서 분주하게 집을 고치는 모습이 눈에 들어왔다.

나는 아저씨에게 차우를 소개해 주었다. 아저씨는 놀라워하며 차우를 맞이했다. 차우 이야기를 듣고 일본인들을 향해 한바탕 욕을 퍼붓더니 차우를 안아 주었다.

차우는 아저씨와 중국어로 신나게 얘기했다. 둘의 모습은 물고기가 물을 만난 것처럼 자연스럽고 아름다웠다.

차우는 당분간 선술집 아저씨가 맡아 주기로 했다.

"그런데 아스카, 네 가족 소식은 들었니?"

나는 고개를 저었다.

"가족은 어떻게 찾을 생각이니?"

나는 또다시 고개를 저었다.

나는 아직 어리니까 저런 답은 어른들이 대신 해 줘야 하는 거 아닐까? 어른이니까 나에게 길을 알려 줘야 하지 않을까? 그런데 어른들이 내게 묻기만 한다.

나는 두 사람을 뒤로하고 우리 집으로 향했다.

우리 집은 여전히 잿더미였다. 돌아온 사람들의 집은 복구되고 있었지만 우리 집은 화재 직후와 똑같았다. 아무도 손을 대지 않았다는 뜻이고, 아무도 돌아온 사람이 없다는 뜻이다.

가슴이 먹먹해졌다.

집이 있던 자리에 앉아 화재 전의 우리 집을 그려 보았다. 다른 사람은 모르겠지만, 나는 잿더미가 된 우리 집을 보고도 따뜻했던 시절을 떠올릴 수 있었다. 그 속의 온기도 느낄 수 있었다. 어머니와 아버지가 다정하게 나누던 말소리도 기억할 수 있었다. 내 가슴속 우리 집은 무너지지 않았다.

한참을 그 자리에 앉아 있었다. 그리고 마치 집을 짓듯이 차근차근 기억을 쌓아 올려, 작고 볼품없지만 따뜻했던 우리 집을 복원했다. 나를 쓰다듬고 자주 안아 주던 어머니, 아버지의 따뜻한 목소리.

나는 잿더미 위에서 우리 집을 추억하며 절대 잊지 않으리라 다짐했다.

일어나서 허름한 우리 동네를 천천히 걸었다.

진주 아저씨의 집이 보였다. 지금은 터만 남았지만 한눈에 알아볼 수 있었다. 아, 저기는 군산 아저씨가 살던 집이지. 그리고 저쪽에는 제주도에서 온 사람들이, 또 저쪽에는 충청도 아저씨가…….

동네 한가운데에 서서 지금은 사라진 사람들을 떠올렸다. 그러자 왠지 내 주변으로 사람들이 하나둘 모여 웅성웅성 떠드는 듯한 느낌이 들었다. 그러더니 내가 살던 본래의 동네 모습이 펼쳐졌다.

어느새 내 옆에서는 진주 아저씨가 카랑카랑한 목소리로 말을 걸었고, 군산 아저씨는 농담을 건넸다. 진주 아저씨와 군산 아저씨는 개와 고양이처럼 으르렁거리기도 했다. 그들은 내 주변에서 오고 가고, 짐을 옮기고, 음식을 먹고, 웃고 울었다. 가난했지만 외롭지 않았고 그들이 있어서 행복한 공간이었다.

그러자 갑자기 마음이 울컥하며 눈시울이 뜨거워졌다.

'나만 두고 다들 어디로 갔을까? 어째서 나만 두고 전부 사라져 버렸을까?'

나는 끝내 눈물을 흘리고 말았다.

이제 그들은 내 마음속에서만 움직일 수 있는 사람들이 되었기 때문이다.

어쩌면 다시 돌아오지 못할 그들을 그리워하며 눈물을 흘렸다. 슬픔은 내 가슴에 거대한 분화구 같은 구멍을 만들었다. 나는 그 커다란 구멍을 안고 살아갈 자신이 없었다. 그 구멍은 다른 어떤 것으로 메울 수 있는 것이 아니었다.

내 가슴은 또 한 번 무너져 내렸다. 나는 가슴을 부여잡고 눈물을 흘렸다.

"제발 돌아와 주세요! 저만 남겨 놓지 마세요!"

나는 울부짖었다.

눈물 때문에 동네가 온통 물에 잠긴 듯 뿌옇게 보였다.

"원아, 원아!"

울고 있는데 상상 속의 아버지가 나를 불렀다.

내 눈에는 눈물이 가득 고여 환영마저 희미하게 보였다.

그 환영이 이제 손짓을 하며 나를 향해 달려오고 있었다.

나는 더 이상 어쩌지 못하고 둑이 무너지듯 눈물을 쏟으며 주저앉아 엉엉 울었다.

"아, 아버지! 아버지!"

나는 가슴을 치며 울부짖었다.

아버지의 환영이 손을 내밀며 나에게로 점점 다가왔다.

나는 머뭇거리다 용기를 내어 손을 뻗었다.

마침내 아버지의 손끝이 닿을락 말락 한 거리에 있었다.

'손가락이 닿으면 아버지는 비눗방울처럼 사라지겠지.'

하지만 손을 내릴 수가 없었다.

환영이라 해도, 금세 터질 비눗방울이라고 해도, 만져 보고 싶었기 때문이다.

드디어 손과 손이 맞닿았다.

그런데…….

그런데 환영이 사라지지를 않았다.

나는 휘둥그레진 눈으로 바라봤다. 상상 속의 아버지가 아니었다. 도깨비도 아니었다. 지금 내 손을 잡은 사람은 진짜 아버지였다.

싸움은
끝나지
않았다

우리 마을은 조금씩 옛 모습을 찾아 갔다. 예전에 살던 사람들 몇몇이 다시 돌아왔다. 새로 이주해 오는 조선인도 꾸준히 늘었다. 먹고살기 어려운 조선인은 일본 회사의 사탕발림 같은 모집 광고에 속아서 오기도 했고, 일제의 식민지 정책 때문에 더 이상 조국에서 살기 힘들어져 일거리를 찾아 스스로 오기도 했다. 덕분에 마을은 어느 정도 예전 모습을 회복해 갔다.

그러나 아버지와 나는 예전 같은 일상으로 돌아가지 못했다. 사라진 사람들이 돌아오지 않았고 시신조차 찾을 수 없었기 때문에 우리의 일상이 예전과 같을 수는 없었다.

조선인이 학살당했는데 일본 정부는 학살이 없었다고 한다. 우리 눈으로 똑똑히 목격한 학살이 문서상에는 없단다. 서류는 단지 불을 지르고 도둑질을 한 조선인 범죄자만 몇 명 죽었다고 말하고 있었다. 게다가 그들의 죽음조차도 당연한 듯이 말하고 있었다.

강에서, 마을에서 처참하게 당한 시신들은 온데간데없이 사라졌다. 일본 정부는 사건의 진상이 외부로 흘러 나갈까 전전 긍긍하며 학살 사건을 숨기는 데만 몰두했다. 시신이 사라지는 것과 동시에 그들의 서류에서는 학살 역시 없던 일이 돼 버린 것이다.

"학살당한 시신이 없으니까 학살도 없었다는 게 말이나 되냐? 그게 말이냐, 똥이냐?"

일본 정부의 앵무새 같은 주장에 조선인들은 크게 분노했다.

그 뒤로 아버지는 마치 미친 사람처럼 일본을 떠돌아다녔다. 돈 버는 일도, 먹는 것도 제대로 챙기지 않았다. 꼭 필요한 돈을 벌 만큼만 일하고 나머지 시간은 모두 조선인의 시신을 찾는 데 투자했다. 아침마다 지도와 공책과 나침반과 물병을 가방에 챙겨 나갔다.

나는 이러다 아버지마저 잃을까 봐 두려웠다. 이제 더는 혼자이고 싶지 않았다. 그래서 밖으로 나가는 아버지의 손을 잡고 울먹이며 말했다.

"아버지, 이번에도 소용없을 거예요. 일본인 순사와 군인들이 시신을 전부 다른 곳으로 빼돌렸다잖아요. 우리가 알 수 없는 곳으로요. 어떤 시신은 다 태워 버렸다잖아요. 이제 소용없다고요. 아버지도 아시잖아요, 어머니는 이제 찾을 수 없다는 것을요."

그러자 아버지가 매서운 눈으로 나를 노려봤다.

"그만하라고? 지금 나더러 그만두라고 말한 거냐? 내가 네 어미의 시신 하나만 찾는다고 생각하는 거냐? 그래, 국가도 사람처럼 실수할 수 있다고 치자. 하지만 일본 정부는 이번에 실수가 아니라 의도적으로 조선인을 희생양으로 삼았다. 그런데도 일본 정부는 지금껏 잘못을 숨기려고만 할 뿐 인정하려고 하지 않았다. 가장 중요한 것은 잘못을 저지른 후의 태도다. 잘못을 했으면 인정하고 사죄하고 배상하는 것이 마땅한데, 진실을 묻어 두려고만 하잖니! 게다가 조선인은 공식적으로 죽은 사람들마저 모두 방화범, 도둑, 강간범으로 기록되어 사망처리가 됐다. 우리 동포들은 아무 죄도 짓지 않았고, 그놈들의 악랄한 거짓말에 희생당했는데 말이다. 우리 동포들의 억울한 죽음을 밝히는 사람이 없다면 그 영혼들이 얼마나 슬퍼하겠느냐? 그건 네 어미를 욕되게 하는 일이고, 우리 동포 전체를 욕되게 하는 일이다. 나는 그만두지 않을 거다. 네 어머니의 시신을 찾는 것은 곧 진실을 찾는 일이니까."

아버지 말이 옳다는 것을 안다. 그렇지만 아버지의 방법이 절대 쉽지 않다는 것도 안다. 저렇게 싸우다가 아버지가 먼저 잘못될 것만 같아 조마조마했다.

마을 사람들 중에 아버지처럼 행동하는 사람은 많지 않았다. 입으로는 걱정하고 위로해 주었지만, 정작 아버지를 따라나서는 사람은 많지 않았다. 아니, 거의 없었다. 모두 공포에 질려서 자기들의 안위만 걱정했다. 더구나 하루하루 먹고살 걱정만으로도 바쁜 사람들이었다. 진실을 찾고 말고 할 여유가 없었다. 무고한 조선인들이 죽어 나갔는데도, 모든 책임이 일본 정부에 있는데도, 우리는 가해자가 되어 일본인의 눈 밖에 나지 않으려고 전전긍긍하기만 했다.

아버지의 배웠다는 친구들도 마찬가지였다. 조선인의 이미지를 새롭게 바꾸기 위해 그들은 제일 먼저 일본인들에게 잘 보이려고 했다. 앞장서서 거리를 청소하고, 범죄자 취급을 받게 된 조선인의 모습을 어떻게든 바꿔 보려고 일본인들이 조직한 각종 단체에 참가하고, 일본인들의 비위를 맞추기 위해 엄청 애를 썼다.

아버지는 그런 친구들을 만나지 않았다. 그렇지만 미워할 수는 없다고 했다. 그 친구들은 그것이 옳지 않다는 사실을 몰라서가 아니라, 단지 쉬운 길이어서 선택했을 뿐이라고 했다. 진실을 밝히는 일은 감당하기 벅차다고 여기기 때문이라고 덧붙이면서.

나도 쉬운 길을 선택했다.

나는 아버지처럼 살 용기가 없었다.

다시 학교로 돌아온 나는 생존하기 위해 일본인들의 눈에 띄지 않는 법을 익혔다. 뭐든 적당히 했다. 되도록이면, 아니 필사적으로, 조선인이라는 티를 내지 않으려고 노력했다. 학교에 갈 때마다 아이들이 나를 향해 돌멩이를 던질 것처럼 보였기 때문이다. 뭐 하나 꼬투리를 잡히면 나를 향해 수없이 많은 돌멩이가 날아올 것 같았다. 나는 몸을 바닥에 납작 엎드리고 돌을 맞지 않기 위해 애썼다.

수업 시간은 견디기가 더 힘들었다.

일본인 선생들은 수업 시간에 일본인은 우수하며 조선인은 벌레 같은 존재라는 말을 아무렇지도 않게 내뱉었다. 그런 말을 자꾸 듣다 보면 조선인은 존재 자체가 너무 하찮아서 당장 사라져 버려도 아무렇지 않은 물건처럼 느껴졌다. 반면에 일본인은 혈통이 우수해서 지배자가 될 수 있었다고 말했다. 그런 말을 듣노라면 나는 마치 팔다리도 없는 지렁이가 된 것처럼 비참해졌다.

그럴 때마다 고개를 저으며 아버지의 말을 떠올렸다.

"원아, 그놈들은 우리를 새장 속의 새로 만들려고 그러는 거란다. 우리가 더 이상 날지 못하게 만들려는 거야. 우리에게 날개가 있다는 사실을 까먹게 하려고 그런 말을 주문처럼 되뇌는 거지. 그놈들에게만 크고 멋진 날개가 있다고 믿게 하려는 거야. 그래서 우리 스스로 하찮은 존재라 여기게 하고, 그놈들의 지배를 받는 것이 정당하다고 속이려는 거란다. 원아, 그런 거짓말은 절대 믿어선 안 된다. 우리에겐 크고 멋진 날개가 있단다. 언제든 푸른 하늘을 날 수 있는 날개 말이다."

아버지의 말을 떠올리며 마음속으로 '아니야, 우리는 절대 그런 존재가 아니야.'라고 주문처럼 외우지만 그들의 세뇌는 나를 뒤흔들 때가 많았다. 이럴 바에야 차라리 힘센 나라 일본의 후손으로 태어났으면 살기 쉽지 않았을까 하는, 아버지가 들으면 기절할 만한 생각이 가끔씩 들곤 했다.

그렇지만 나는 깨달았다. 내가 일본인인 척하는 게 얼마나 어리석은 일인지, 그리고 그것이 가능하지도 않다는 사실을 말이다. 그 점을 깨우쳐 준 사람 역시 일본인이었는데, 바로 역사 선생이었다.

"조센진은 멍청이들이지. 그들의 역사를 봐도 그래. 하나같이 멍청한 놈들이 지도자가 돼서 멍청이들끼리 싸우다가 멍청하게 다른 나라에 먹힌 거야. 그 멍청한 놈들을 두들겨 패서 개조한 게 바로 대일본 제국이다. 그나마 그놈들은 운이 좋은 셈이야. 다른 나라도 아닌 우리 같은 우월한 국가의 일원이 됐으니까. 몇 달 전 대지진 때 그놈들이 한 짓을 생각하면 지금도 자다가 눈이 번쩍 떠질 정도다. 조센진들은 참으로 저질스러운 짓을 했지. 우물에 독을 타고, 우리 일본인 여성을 강간하고, 지진으로 고통받는 사람들의 집에 불을 지르고!"

역사 선생은 눈에 분노를 가득 담아 아이들에게 열변을 토했다. 선생의 분노가 아이들의 눈으로 옮겨 붙고 있었다.

나는 그 시간을 어떡하든 견디려고 노력했다. 지금껏 눈에 띄지 않기 위해 내가 얼마나 애써 왔던가! 그들에게 말려들지 않으려고 몸을 사리고, 어떤 때는 멍청한 놈처럼 맹하니 견딘 시간이었다.

하지만 역사 선생의 입을 통해 간토 대지진 이야기를 듣자마자 언제까지나 이렇게 살 수는 없다는 것을 깨달았다. 내 몸에서 뜨거운 뭔가가 솟아올랐다.

그렇게나 잊으려고 애쓴 광경들이 내 눈앞에 너무나 선명하게 보이기 시작했다. 아무 죄도 없는 조선인들을 죽이던 일본인들의 모습이 말이다. 그리고 지금까지 돌아오지 못한 어머니와 이웃 아저씨들의 모습이 떠올랐다.

그것만큼은 견딜 수가 없었다. 도저히 가만히 있을 수가 없었다. 내가 직접 겪었고 내 눈으로 직접 본 일인데 사실을 왜곡하는 일본인 선생의 말을 더 이상 듣고 있을 만한 인내심은 없었다.

진실을 말하지 않으면 거짓이 진실이 되었다. '진실이니까 시간이 흐르면 사람들이 알아주겠지.' 하는 생각만으로는 안 된다는 것을 깨달았다. 이제야 아버지의 행동이 옳다고 인정했다. 싸우지 않으면 바보가 된다. 진실을 말하지 않고 기억하지 않으면 까맣게 잊히고, 거짓이 진실인 양 고개를 쳐든다는 것을 알았다.

나는 벌떡 일어섰다.

의자가 뒤로 밀리면서 끼이익 소리가 났다.

모두가 나를 주목했다.

나는 두 눈을 부릅뜨고 역사 선생을 똑바로 바라보았다.

당당하게 큰 목소리를 내고 싶었지만, 누가 내 목을 조르기라도 하는 것처럼 목구멍에서 목소리가 새어 나오지를 못했다. 하도 억울하고 분해서 일어나 따지고 싶었는데 눈물이 먼저 나오려고 했다.

나는 입술을 꼭 깨물었다. 바보 같은 눈물이 목소리보다 먼저 나오면 안 되기에, 온몸에 힘을 주고 눈물샘부터 막아 버렸다. 그리고 남은 힘을 쥐어짜 소리쳤다.

"그건 사실이 아니에요!"

이 짧은 문장 하나를 소리 내는 데 온 힘이 필요했다.

다행히 한번 소리를 지르자 새로운 힘이 올라왔다. 나는 다시 한번 소리쳤다.

"조선인은 절대로 그런 짓을 하지 않았어요. 그건 사실이 아니에요. 사실이 아니라고요! 그건 누구보다 제가 잘 알아요. 저는 그 모든 것을 두 눈으로 똑똑히 봤어요. 제가 목격자예요. 일본인은 죄 없는 조선인을 수도 없이 학살했어요. 그것이 사실이에요!"

역사 선생이 나를 꿰뚫을 듯 바라보았다. 그 눈빛은 예전에 다무라가 나를 보던 눈빛과 닮았다. 그들은 나를 괴물로 보는 것이다. 낯선 땅에서 온 괴물, 절대 착할 수 없는 존재인 괴물

로 말이다.

옛 신화나 전설에 나오는 이야기가 떠올랐다.

착하고 씩씩한 주인공의 마을에 찾아오는 낯선 사람들은 언제나 사악한 괴물이었다. 주인공이 사는 세상은 따뜻하고 밝고 아름답지만, 그 밖의 세상은 위험으로 가득 찬 무서운 곳으로 나온다. 주인공은 그런 낯선 존재를 무찌르고 죽여서 영웅이 된다.

나는 그 점이 이상했다. 주인공과 그 마을 사람들은 어쩌면 낯선 사람들이 자신들과 다르다는 이유 때문에 괴물로 느끼는 게 아닐까, 그래서 주인공의 힘으로 그들을 다 죽여 버리는 게 아닐까 하고 말이다. 자기 것만 옳고, 자신과 다르면 전부 괴물이고 적이라고 생각하는 사람들이야말로 진짜 괴물이 아닐까?

이제 나는 더 이상 평범하게 숨죽이며 살 수 없다는 것을 확신했다. 하지만 어쩔 수 없는 일이다. 나도 이제 아버지가 사는 방법대로 살아야겠다는 생각이 들었기 때문이다.

나는 아버지를 지지하고, 아버지가 하는 일에 동참했다. 아버지는 일본 정부와 숨바꼭질 같은 싸움을 했다. 일본 정부는 거대한 담벼락을 쌓아 진실이 담장 밖으로 넘어가지 못하게 막았고, 아버지는 필사적으로 그 담장을 무너뜨려 진실을 찾으려고

했다. 그 결과, 아버지는 담을 무너뜨리지는 못했지만 작은 구
멍은 뚫을 수 있었다.

상하이 임시 정부 요원들이 나와서 간토 대지진 기간에 벌어
진 조선인 학살 사건을 몇 달 동안 은밀하게 조사했는데, 그 일
을 아버지가 적극적으로 도왔다. 아버지는 그동안 조사하고 취
재한 기록을 상하이 임시 정부에 전해 주었다.

1923년 12월 5일 상하이 임시 정부에서 발행하는 〈독립신문〉
1면에 일본에서 학살당한 조선인 피해자 수가 발표되었다. 그
수는 자그마치 6,661명이었다.

진실은 드디어 담벼락에 구멍을 뚫었다. 담벼락에 뚫린 구멍
을 통해 아버지는 수많은 사람들에게 간토 대지진 조선인 학살
사건의 진실을 낱낱이 알릴 수 있었다.

이 소식은 중국 사람들과 해외 동포들에게 널리 알려졌다.
일본 정부가 주도한 잔인한 학살 사건의 진실이 온 세계로 퍼
져 나갔다. 그런데도 일본 정부는 학살 사실을 전혀 인정하지
않았다.

아버지는 일본 정부가 이제는 거대한 치욕의 벽을 둘렀다고
말했다. 그들이 한 행동은 후손들에게 두고두고 부끄러움을
안겨 주는 일이라고도 했다.

그리고 나는 알게 되었다.

우리가 싸우지 않고 가만있으면 가장 비열하고 이기적인 인간이 우리 머리 꼭대기에 올라 끊임없이 약자를 괴롭히고, 약자를 이용해서 더 많은 권력의 영토를 갖게 된다는 사실을. 아버지는 아마도 그런 일을 막으려고 더 열심히 싸운 것 같다.

그래서 나는 얼마 전부터 아버지와 함께 양심적인 일본인들에게 조선인 학살 사건 목격담을 듣고 그것을 기록하는 일을 시작했다. 그 기록은 일본 정부가 영원히 묻어 놓으려는 진실을 다시 파헤칠 수 있는 삽으로 쓰일 것이고, 역사에서 사라진 조선인들을 올바른 자리로
돌려놓는 데 쓰일 것이다.

어떤 일본인은 그날의 기억을 빼곡하게 담은 자기 일기장을 들고 우리를 찾아와 주었다. 아버지와 나는 하도 고마워서 인사를 거듭했다.

그러자 그 일본인은 이렇게 말했다.

"저는 후손들에게 좋은 조상이 되고 싶습니다. 잘못한 일에 부끄러움을 느끼고 사죄를 청하는 그런 조상 말입니다. 정말 죄송합니다. 죄송합니다."

물론 그런 양심적인 일본인은 소수였다. 조선인을 대하는 눈은 변함없이 냉담했고 차별 또한 여전했다. 진실을 알리는 일도 힘들었다. 우리의 싸움은 장기전이 될 것이다. 그들은 우리가 제풀에 꺾이기를 기다렸다. 우리는 꺾이지 않기 위해 가슴 아픈 기억들을 다시 꺼내 놓아야 했고, 다시 싸울 힘을 얻어야 했다.

슬픈 역사는, 아니 처참한 역사는 잊고 싶고 떠올리고 싶지 않은 법이다. 하지만 우리가 아픔을 잊기 위해서 그 역사를 기억하지 않고 억울하게 희생당한 이들을 기억에서 지우는 것은 진실을 묻는 일이었다. 그래서 아프지만 다시 기억해야 했다. 그날의 일을. 그것만이 왜곡된 역사를 진실한 역사로 바꾸는 첫걸음이기 때문이다.

또다시 잊지 못할 9월이 왔다.

오늘도 나와 아버지는 녹음기를 들고 길을 나섰다.

고개를 들어 하늘을 본다. 하늘은 구름 한 점 없이 맑다. 산은 여전히 푸르다. 산을 바라보니 언젠가 모모코가 꿈꾸듯이 말한 얘기가 떠올랐다.

"그냥 말이야, 산처럼 나무도 꽃도 동물도 자유롭게 품어 주면 문제가 하나도 안 생기지 않을까? 산은 그래서 아름답잖아. 저마다 다른 것이 한데 모여 있으니까, 그치?"

모모코가 맞았다.

산에 한 가지 나무만 살고 한 가지 꽃만 산다면 오래가지도 않을 것이며 아름답지도 않다. 산에는 나무가 있고 꽃이 있고 풀이 있고, 그리고 산토끼가 놀고 사슴이 놀고 청설모가 놀고, 그리고 또 다른 생명들이 자꾸자꾸 나타날 때 더 다양하고 아름다워진다.

낯선 것은 괴물이 아니라 우리를 더욱 아름답게 가꿔 주는 귀한 존재다. 우리가 모모코와 같은 꿈을 꾼다면, 어쩌면 그 꿈은 이뤄지지 않을까? 꿈꾸는 사람은 그 누구보다 더 강한 힘을 지니게 되니까 말이다.

간토 대지진이란?

1923년 9월 1일 오전 11시 58분에 도쿄, 요코하마, 지바현 등 일본 간
토 지방에서 진도 7.9의 강진이 발생했어요. 이것을 '간토 대지진'이라
불러요. 이후에도 진도 7이 넘는 여진이 여러 차례 일어나 해일이 일어
나고 도시가 파괴됐어요.

또한 도쿄, 요코하마를 비롯한 지진 피해 지역에서는 큰 화재도 함
께 일어났어요. 지진이 일어난 시간이 점심때라 많은 집과 식당에서 점
심을 준비하느라 불을 쓰고 있었기 때문이에요.

당시 인구가 밀집된 도쿄는 대다수 건물이 목조 건물로 빽빽하게 지
어져 피해가 더욱 컸어요. 12만 가구의 집이 무너졌고 45만 가구가 불
탔으며, 사망자와 행방불명된 사람이 총 40만 명에 달했어요.

지진이 난 도시들은 한순간에 아수라장이 되고 지옥이 되어 버렸어
요. 사람들은 불안과 공포에 사로잡혔지요.

하지만 일본 정부는 이러한 재난에 미흡하게 대처했고, 이에 국민들
의 불안은 더욱 커져서 나라가 혼란에 빠졌어요. 당시 총리였던 가토
도모사부로는 지진이 일어나기 일주일 전에 암으로 사망해서 우치다

외상이 총리직을 대신했어요. 일본 정부는 혼란을 수습하려고 국가 전시에나 내리는 계엄령을 내리고 국민을 군인과 경찰의 통제하에 두었어요. 그리고 정부로 향하는 국민의 불만을 돌리려고 조선인을 희생양으로 삼았어요.

간토 대지진으로 무너진 도쿄 시가지

비극의 역사, 조선인 대학살

"조선인들이 폭도로 돌변해 우물에 독을 풀고 불을 지르고 약탈을 하며 일본인들을 습격하고 있다."

일본 정부는 혼란을 수습하려고 이
와 같은 유언비어를 만들어 퍼뜨렸어
요. 유언비어는 경찰과 군인들에게도
전해지고 일본 내무성은 조선인을 체
포하라는 지령을 내렸어요. 일본 언론
역시 조선인에 대한 유언비어를 적극
퍼뜨렸어요. 조선인은 순식간에 공포
의 대상이자 증오의 대상이 되었지요.

〈매일신보〉에 실린 조선인 폭동설

일본 정부로부터 살인을 공식적으로 허가 받은 평범한 일본인들은
자경단원이 되어 조선인을 마치 동물 사냥하듯 보이는 대로 잡아들이
고 죽였어요. 일본 경찰은 조선인 구별법을 문서로 작성해 자경단에 유
포했어요.

조선인을 구별하는 방법으로 '15엔 55센'을 발음하게 했는데 이는 조
선인이 하기 어려운 발음이었기 때문이에요. 이 외에도 "조선인은 앉을
때 책상다리를 한다.", "라리루레로를 발음하기 힘들어한다.", "일본의
국가를 부르지 못한다."는 내용이 조선인 구별법에 있었어요.

자경단은 조선인을 죽이는 것을 애국하는 일이라 생각했고 자랑스러
워했어요. 한 달이 채 못 되는 기간 동안 조선인 6천여 명이 경찰과 군
인 그리고 자경단에게 살해당했어요. 단지 조선인이라는 이유만으로

총과 일본도, 죽창에 맞아 희생된 거예요. 자경단은 조선인이라면 어린 이도, 임신부도 가리지 않고 살해했어요. 또한 조선인으로 오해를 받아 중국인 수백 명이 희생되었어요. 그 혼란의 와중에 사회 불안을 일으킨다는 이유로 수많은 일본인 사회주의자, 공산주의자, 노동 운동가 들도 희생되었어요.

사과하지 않는 일본, 밝혀야 할 진실

간토 대학살이 있은 후 100년이 넘은 현재까지 일본 정부는 공식적인 사과를 하지 않았어요.

사건 직후, 일본 정부는 학살 피해자의 유해를 찾기는커녕, 이를 극구 감추며 조선인에게 내어 주지 않도록 조치했어요. 심지어 암매장을 하거나 화장을 해 학살 증거를 없애려고 했지요.

아직도 일본 정부는 조선인 학살이나 유언비어 유포에 대한 국가 책임을 감추려는 데 급급할 뿐 잘못을 인정하거나 용서를 구하는 태도를 조금도 보이지 않고 있어요.

반면 일본 시민 단체나 학계의 양심 있는 일본인들은 조선인 희생자 위령비를 세우고 진실을 규명하려는 움직임을 80년대부터 꾸준히 일으키고 있어요. 특히 2003년 일본 변호사 협회에서 "일본 정부는 간토 대지진 직후의 조선인과 중국인 학살 사건에 관해 군대에 학살된 피해자와 유족, 허위 사실의 전달 등 국가 행위로 자경단에게 학살된 피해자와 유족에 대해 그 책임을 인정하고 사죄해야 한다."는 권고서를 정부에 제출했어요. 이는 법적인 효력은 없지만 전문가 집단에서 조선인 학살을 사실로 인정한다는 점에서 의의가 있어요.

2023년, 간토 대지진 100주기를 맞아 한국에서도 많은 시민단체와 학자들의 노력으로 간토 조선인 학살 사건이 재조명되었어요. 국회에서는 '간토 대학살 특별법'(간토 대학살사건 진상규명 및 피해자 명예회복에 관한 특별법안)이 발의되었으나 아쉽게도 통과되지는 못했어요. 그러나 2024년에 다시 발의되었어요.

비록 더디지만, 진실을 찾으려는 노력을 계속하다 보면 언젠가는 희생자의 억울한 누명이 벗겨질 거예요. 그날이 올 때까지 우리는 이 사건을 기억하고 많은 관심을 기울여야 해요.

학살한 조선인을 보고 있는 자경단